人生と愛

堀田 耕介

鳥影社

人生と愛　目次

人生と愛

（一）

あれは、私が小学生の六年生ぐらいだっただろうか。母親が約一カ月にも及ぶ入院と闘病生活を終えて、病院から退院してくる日であった。

母親の病名は癌、正確に言うと胃がんである。

私は当時を思い出しても、母親が癌におかされていることなど思いもよらなかった。ただ、疲れやすい体や、休みがちだった母のことは少し思い出す。食欲も細かったのだろう。

私と弟は、何が原因かはよく覚えていないのだが、その日、父親と喧嘩して家を飛び出した。といっても、裏の空き地への本当に家を出ただけに近い「家出」である。家出というほどの事ではない。

しかもこれから父が、退院する母を車で迎えに行く矢先である。

私は男ばかりの三人兄弟で私は二男、要するに男兄弟の真ん中である。兄は長男として可愛がられ、末っ子は、またそれで可愛がられ、二男というそれこそ「立場」のない存在である。

こんな事があった。

クリスマスイブの日、父がプレゼントを購入してきた。雑誌である。確か小学五年生と小学一年生という月刊誌である。私の該当する学年の雑誌はない。

父が言うことには、

「お前は両方読むことができる」

という論理だ。私は、とても寂しい気持ちになった。今でもその時の気持ちを忘れることができない。二男とは、それほど父にとって存在のないものなのだ。

今思うとなんで母親が久しぶりに病院から帰宅する日に、父親と喧嘩などしたのかと思うのだが、何が原因で父と喧嘩してしまったのか今はあまり覚えていない。

些細なことだったのだと思う。

夕方、父と母は自宅へ戻ってきた。車の音で分かる。ドアの閉まる音が二度した。

私たちにとっても約一カ月の闘病生活を終えての母との久しぶりの再会の日である。

退院したばかりで帰宅した母は、自分の子どもが二人いないのにすぐ気付き、着替えもせずに家の裏まで私たちを探しにきてくれた。

優しい母である。空き地といっても、小さな林のようになっていてそこに温室がある。いわゆる植木屋さんの造樹林である。その中にあるビニールハウスの中にいたのだが、二人の名を呼ぶ母の声に、思わず涙が出そうになる。

そんなわけで、あえなく母に見つかり自宅へ連れ戻された。戻されたというより、私にとっては、何かほっとした気分でもあった。

母は、

「夕食を買ってきたから食べなさい」

優しい言葉でそう言いながら私たちを自宅に連れ戻し、食卓に座らせ、買って来たと思われるお稲荷さんとお寿司を子どもたちに食べさせる。

お稲荷さんを食べている私たちの顔を、変わるがわる、見つめていた。

兄と言えば無表情のまま、ご飯を食べている。そういう兄である。賢いが、何か冷たさを感じるほどの冷静さである。

母の視線が痛いほどよくわかる。

二人は無言のまま、夕食を食べた。

本当は、

「お母さん、お帰り」

というべきところなのに……。

そんな自分たちが、恥ずかしくも、情けなくもあった。

母も、ただ私たちを見つめるだけで、何も言葉を発しない。

母はなぜかとても元気そうに見える。少しやせたようではあるが、表情はとても明るかった。そして、とても楽しそうな表情である。にこにこしていた。この時、母にとっては、子どもたちの顔を見ているだけでよかったのかもしれない。

それと、

「家に無事に生きて帰ることができた」

という気持ちが大きかったのだろう。

でも、退院したからといっても、完治したわけではない。

これから月に一度ほど病院に出向き、診察と放射線治療を受けなければならない。

いつ起こるか分からない再発のリスクを背負っているのだ。

「再発」……この言葉が、母の心の奥底にあったことは間違いないことなのだろう。

でも今は、帰宅できた喜びと、子どもの顔を、

「生きて見ることができた」

という嬉しさでいっぱいだったのだと思う。

少なくとも私はそう感じた。

後に母に死が訪れることなど、誰も予期してはいなかった。

そして母が死ぬ前に取った今でも私を悩ます行動……。

あれは一体何だったのだろうか。

（二）

自宅は、小さな洋装店をやっていた。六坪ほどの小さな店である。洋装店といっても、カジュアルな普段着が中心で、大人服から子ども服、女性用カジュアルから、男性用カジュアル、そして下着、靴下等々……。

要するに着るものなら、何でも置いている雑貨屋である。

家の周りは、畑がほとんどの東京の練馬の片田舎である。

練馬大根で有名だったが、その頃は既に大根の病気が蔓延して、大根はほとんど作られなくなっていた。だから店の前の畑は、今はトマトやキュウリの畑である。古い住宅の周辺に新しい住宅が、ところどころにでき始めている。農家が畑を切り売りするのだ。

これからの街といった感がある。

気丈な母は、もう、退院した次の日から、お店に出るようになる。

知り合いのお客が店に来る。

「いらっしゃいませ。奥さんご無沙汰いたしまして」

と母が声をかける。

「あら、奥さんお久ぶり。お体の方はもういいのですか」

「お休みさせていただいて。でも御蔭さまで元気になりました。入院中は色々ご迷惑をおかけしました」

「あまり無理なさらないでくださいね」

「ええ、ありがとうございます。でも休んだ分頑張らないと。店も品薄になっているようですから、さっそく明日主人に仕入れに行ってもらいますわ。何かご必要の品でもございますか」

「そうね。明るい色の春らしいブラウスなどあったら……」

季節は春である。

畑には菜の花が咲き乱れている。

（三）

母の名は、ミドリ、父は寛という。

二人がどうして知りあって一緒になったのかは、聞いたことがない。

誰も何も話してくれた人もいないし、男兄弟ばかりで、そのようなことを聞く子どももいなかった。

でも、二人の実家は栃木県の烏山にある。

烏山といえば、那珂川の落ちアユで有名なところである。産卵を終え、川を流れ落ちてくるアユを川一杯に仕掛けた「ヤナ」と呼ばれる竹で作った柵で一網打尽にする。

その烏山から少し行ったところに大木須と下境という小さな村がある。

父は大木須で、母は下境の出である。距離はあってもひと山越えれば行けるところにある。父は、子どもの頃、何キロもある山道を通って小学校へ行っていたと話していたことがある。ひょっとしたら二人は小学校の同級生だったのかもしれない。あるいは顔見知りだったことも考えられる。二人は同い年である。

あるいは、東京のどこかで知り合い、同郷のよしみで意気投合したのかも知れない。

でも、そのことを確かめる方法が今はない。

事情を知っていると思われる、二人の両親はもちろんのこと、親戚の伯父、伯母なども既に他界している。

父は若い頃、郵便局に勤務していて、母は織物の会社に勤めていたという。

二人は結婚式を挙げた形跡もない。いやそういう写真が残っていないだけなのかもしれない。よくは分からないのだが、そのまま同棲から始まったのだろうか。

私は母が、二十四〜五歳のころ生まれた計算になる。兄は、母が二十二歳のころ生まれているわけだから、二十歳前後には結婚していたことになる。

若い頃の父は、写真で見る限り、眼鏡をかけた伊達男のように見える。私から見ても、面長の端正な顔立ちをしている。

戦争中は、無線隊にいたそうである。

広島県の呉で終戦を迎えたという。広島市の原爆の光の様子は呉からも見えたそうである。

母は、昔の典型的な日本女性のような落ち着いた顔立ちだ。

父と母の実家が近いこともあって、夏休みの盆には、私が小さい頃は電車で、練馬に引っ越してからは自動車に乗り家族で帰省する。兄は決まって父の実家、弟は母の実家、私は年によって、大木須か、下境である。電車の場合は、宇都宮に出てから、烏山線というローカル電車で、烏山まで行く。途中はほとんどが無人の駅である。山と森、田んぼと畑の中を電車は走る。ところどころに小さな集落があるだけである。

運転手さんや車掌さんが、駅員を兼ねている。

烏山駅から、バスで二手に分かれる。下境までは、二十分ほど、大木須までは三十分ほどである。

東京の品川から練馬に引っ越して、車で行くようになってからは、父も下境に寄って、あいさつをし、母を預けて大木須に向かう。大木須には峠を越えて行く。ひと山越える感じである。

父は、峠を越えるといつも車を止めて一休みした。車がオーバーヒートするのを防ぐためである。

父の父、つまり私たちのお爺さんが元気なころは、私たちが帰省すると、子どもたちに、

「ウナギを取りに行こう」

と言い出す。

家の下が田んぼで、さらにその下に小川が流れている。この川は釣りや、川をせき止めて夏は水遊びなど近所の子どもたちの恰好の遊び場になっている。

準備は、納屋から、ビクと呼ばれる、片方は、魚が入れるように広がっていて、片方は魚が出られないように閉じられた竹細工の罠を使う。

そのビクをあるかぎり、納屋からひっぱりだしてくる。

その後は、ミミズ取りである。ミミズは家の前に湧水があり、そこで米などをとぐものだから、その湧水の流れおちる水たまりにたくさん住んでいる。

だから、あっという間に取ることができる。

取ったミミズを布に包み、それを足でつぶして、ビクの中に入れる。足でつぶすというのは、一見残酷ではあるが、そうすることでミミズのにおいが増し、成果がたくさん得られるのだそうだ。

川の下手に口の開いた方を向けて川の中に沈める。

ウナギがミミズの匂いに誘われて川下から入ってくるという仕掛けである。

これを一晩おいて、翌朝に引き上げに行く。

でも、その日の成果は、十個ほどのビクを沈めたが、翌朝行ってみて、入っていたのは、一つのビクだけ。しかも一匹。

「昔はもっとたくさんとれたのだけどね」

とお爺さん。

「でも、川にコンクリートが張られてからは取れなくなった」

としみじみ語る。

昨日は、とても元気に見えたお爺さんだったが、この話をしているときは何かひとまわり老けこんで見える。

父の実家には本家と呼ばれる、大きな建物があって、その横に隠居所と呼ばれる小さな建物がある。そこにお爺ちゃん夫婦が住んでいる。

何か体のいい「オバ捨て山」の様である。

隠居を決めると本家を離れてここに移るのがしきたりとなっている。部屋は一つしかなく後は炉端があるだけで明らかに狭い。そこにテレビだのが置いてある。

本家は、台所と牛舎と囲炉裏のある居間と大きな、二十畳以上はあると思える部屋が三つ四つある。

夜はカエルの大合唱である。眠れるかと思うほどにぎやかである。でもカエルの鳴き声なら、まだましである。

栃木は雷の多いところである。夕立と雷、これは、栃木の名物なのかもしれない。ともかく大木須も下境ものんびりしたところである。昔は、ヤギを飼い、そのミルクをもらって飲む。鶏を飼いその産まれたての卵を食べる。

客人が来たときは、鶏を一羽つぶしたりした。つぶした鶏を切り、肉を内臓とたくさんの野菜と共に、囲炉裏で煮込む。

押し入れの布団の中に青大将がとぐろを巻いて昼寝していたりすることもある。

こんな話を聞いたことがある。

「ある家のおじさんが、夜、田んぼに漬かって、いい湯だなと歌っていた。きっとあれはタヌキかキツネに化かされたの、だんべえ」

恐らく、そのおじさんは、どこかの知り合いの家で飲んできたのだろう。そして帰り道、足を踏み外して、田んぼに落ちる。夏なら、田んぼの中は気持ちいいに違いない。酔いもあってしばらく田んぼに漬かっている。

「いい湯だな」

と言ったかどうかは疑問である。

見ていた人の「創作」だろう。そういう光景を見て、キツネにだまされるという話が伝わって行くのであろう。

何のことはない。

酔っぱらって、田んぼに落ちたということなのだと思う。

（四）

もともと、この洋装店の商売は母がやりたくて始めた仕事である。だから全くの素人である。でも彼女のセンスの良さと、母の人柄で客を集めていたふしがある。もともと人と話すのが好きな性格である。

父は大体仕入れが中心で、母の希望に応じて、それに見合う商品を仕入れてくるといった具合である。車で一時間ほどの秋葉原まで行く。

秋葉原の仕入れ先はいつも活気にみなぎっていた。

荷物の多い日には、私たちも手伝いを兼ねて行ったことがある。

問屋さんは、食事のサービス券などをくれる。問屋街の中心付近に大きな食堂がある。

荷物運びと、昼ごはんを食べるのである。

問屋街はまるで戦場である。どこも駐停車禁止で、車を止めて置いたものなら、すぐ見回りのお巡りさんがやって来る。

でもそんなお巡りさんの指示になど従うものなどいない。

一通り問屋さんを回ると、車を停車して問屋さんに預けておいた仕入れの荷物を車に運ぶ。お巡りさんも心得たもので、注意はするものの、違反扱いはしない。

そんなことをしたら、商売ができなくなるのは十分分かっているのだろう。

仕入れた荷物をすべて車に載せ、車を駐車場に止めた後、遅い昼ごはんを食堂で食べる。

この食堂は新鮮な魚などを安価で食べさせてくれる。

荷物は、厚地の薄茶の包装紙に包み麻ひもで結ぶ。これがいくつもできる。それを車に乗せ自宅の店まで運ぶ。

だから自宅の棚はすぐに包装紙だらけになる。

仕入れた品物に値札をつけて、店に並べるという手順である。困るのは品物に季節品が多く売れ残ることだ。売れ残らないようにワゴンに入れて安売りする。売れないものは、親戚にあげるか廃棄するしかない。

（五）

これはまだ、練馬に引っ越す前の品川に住んでいたころの話である。

父は珍しく、戦後間もなく東京の品川で不動産屋を起業して仕事をしていた。そんな仕事をどこで思いついたのか……。

それでも戦後は、商売の方の景気も良く、一度の取引で札束がたくさん手に入る時代であった。特に外国人相手などでは、彼らはチップをくれたりして気前がよかったそうだ。

まだ不動産業などというものがそれほど公に認知されていない時代で、ましてや資格など要らなかった。

やがて不動産取引業という資格が必要とされる時代になるのだが、それはまだまだ先のことで、しかも既に起業している人には、登録だけで資格がもらえたようである。

ただそのころには、不動産業も過当競争に入る。土地や家屋の取引は、大きな企業が独占しだし、中小の不動産屋さんは、賃貸などの取引が中心となっていく。

父寛は、無類の酒好きで、しかも女癖もいいものではなかった。

私たちがまだ品川に住んでいたころ、夫婦喧嘩で、交番まで母のお伴をしたことがある。交番の担当者は、母の話をうなずきながら聞いた後、

「ご主人とよく話し合ってください」

というだけである。

これが今でも私の頭に焼きついている。交番の方もさぞ困ったことだろう。

時々いわゆる父の浮気が母にばれ、そのたびに夫婦喧嘩をしていた。

事務のお手伝いさんに女性を雇っていたのだが、結局それが浮気の要因となり、呆れた母は、自ら事務をする始末であった。

ある日、自宅の庭先に一人の女性が訪れた。

母親は応対をしているが、部屋に招き入れ、御茶を出すような雰囲気での話し合いではないことは見ていてよくわかる。この女が父の浮気相手の女性かと思いつつ眺めていた。すらっとしたスタイルだが、決して美人ではない。

でも何かさびしそうな表情に見えた。

それに寛の無類の酒好きは、とどまるところを知らず、時々背広のズボンの膝だとかネクタイが泥だらけになっている。

要するに、タクシーで、大通りまで帰り、自宅までの細い路地を這って帰ってきたとしか考えられない。歩けなくなるほど飲んだに違いない。

風呂に入ったまま寝入ってしまうことなど日常茶飯事である。

路地といえば思い出すことがある。

自宅に帰るには、家の横に小さな路地があるのだが、そこの路地の先には、元地主の昔の分厚い塀があって通りには出られない。

土地は地主が売ったものの、塀はそのまま残っていたのだ。

そこで、その一角の住宅の人たちは、我が家も含めて、大周りをして、つまり地主さんの大きな家をぐるりと回って、大通りに出なければならなかった。

それに不便さを感じていた父は、その塀を壊すことを思いついたようだ。壊すといっても通りに出る部分だけ壊してしまおうという魂胆である。

あとで父から聞いた話だが、職人さんを二人頼み、

「午前中は、塀を壊す真似をしていて、それでも地主が何も言ってこなかったら午後には本当に塀を壊せ」

と命じたらしい。

幸い地主は現れず計画は実行された。

その父の計画で塀が壊され、自宅の横の路地が、ストレートに通りにつながった。

それまでは、みんな我が家のさらに奥にある、といっても、通りには近いのだが、我が家の庭を通って大周りをして通りに出なければならなかった。それが少し歩くだけで通りに出られるようになった。住人は大いに喜んだ。路地と大通りが直結したのだ。

その点に関しては、父はみんなに感謝されていたようだ。

父はそこの土地を購入するときに、地続きの土地や、借地になっている土地も私道も全部まとめて購入した。隣の家も、家と土地は自分のものだが、父の土地となった私道を通らなければならなかった。

でも父は私道を通ることに隣の住人に金銭など求めることはなかった。

そんなこともあって、隣の住人は、やれ縁日だ、やれお祭りだというと私たちに小遣いをくれた。

私道といっても出口は幅五メートルほど、長さ十メートルはあっただろうか。広場のない場所で子どもたちはみんなそこで遊ぶ。メンコ、ビー玉などである。近くには大きな原っぱがあるのだがそこは、草だらけで鬼ごっこのような遊びしかできない。

特に隣の娘さん……。

私たちからは、お姉さん的存在になるのだが、当時私たちから見ると、とても美人で優しくて、学校が休みで暇があると、折り紙づくりなどをしてよく遊んでくれた。

そんなお姉さんに恋心を感じたのも事実である。

(六)

この話は品川の大井町に住んでいた時のことで、母のミドリは、自分で商売がしたくて仕方がなかった。そういうわけで、練馬に土地を買い、そこで洋装店を始めた。

最初は、父の寛は、品川の不動産の事務所まで一人で通っていたが、その事務所は賃貸で、洋装店の方の景気が良くなると、品川の事務所を手放し、洋装店の隣に小さな事務所をつくり、そこで不動産を開業した。いわゆる兼業である。

もともと品川の事務所も一時ほどの景気はなくなっていた。世の中も戦後から一段落したのと、しかも大きな不動産屋もできていたからだ。そんなこんなで練馬でそれほど豊かとはいえないが、つつましく生活していた。

当時の店のまわりは畑ばかりである。

近所の子どもたちは遊びといっては、塩を持って、キュウリ畑や、トマト畑にもぐりこむ。そこで、隠れながら、トマトなどに塩をつけて食べる。

悪い遊びだとは分かっていたが、周りの子どもたちは皆そうして遊ぶ。

（七）

私の母は、それはとても器用で和服を縫うことができた。これもどこで覚えたかは私にはさだかでない。恐らく繊維会社に勤めているときか、我流で覚えたのかもしれない。

洋装店だというのに、近所の人は、それを聞きつけては、反物をもってきて、ミドリに縫製のお願いをしに来る。

正規の仕立屋に頼むよりもはるかに安く済むからだ。ミドリは高額な金額は要求しない。ミドリも和服を縫うことがとても好きで、時々終盤になると徹夜状態で和服を仕上げていた。

ミドリの和服好きは、親戚や近所でも有名で、私たちそれぞれに浴衣を縫ってくれて、子どもたちも夏は浴衣姿、母も、何かで出かける時など大体着物だった。

普段も着物を着ていることが多かった。

年末の大みそかになると、店は夜中まで忙しいのだが、少し落ち着いたところで、母は私を従えて、夜の暗闇の街に出かける。

私の知らない家庭を回る。

何のことはない。貸し売りしていたお客の家庭を回ってお金を集金に行くのである。

でも、回収率はそれほど上がらないようである。母の表情でよくわかる。

「貸し売りなどしなければいいのに」

と私は思う。でもそこが母の母たるところである。

金がなくても、金のない客に品物を提供してしまうのだ。

「ある時でいいですよ」とでもお客に言うのだろう。

優しいといえば優しい。

でも今思うと、お人よし過ぎるだけなのではないかとも思う。

何故、貸し売りした家庭を自分で回らなければならないのかと考えると今の私には馬鹿らしくさえ感じる。でもそれも母の優しさなのだろう。

こんな優しさを持った半面、子どもへの、しつけ、特に勉強に関してはとても厳しかった。

「勉強なんて、中途半端にできても駄目だ。できるなら、公立、国立に入るぐらいできなければ駄目だ」

本気なのか冗談なのかはよくわからない。

でもこれが現実となる。

私たちは、

「そういうものなのだ」

と受け止め、兄も私も国立大へ進学することとなる。

弟は、商業を勉強したいということで、都立のナンバーの付いた公立の商業高校へ進むことになる。

母の言葉は私にとって、それほど重いものなのだった。

（八）

そんなこんなで、多少無理も祟ったのだろう。

私が小学生の時に母の癌が見つかる。胃の痛みの検査で発見された。父は癌とは何か本を買って調べたりしていた。

父は私たちにはそのことは言わなかった。

でも入院するという話と、テーブルに置いてある癌に関する冊子を見ればおおよその見当はつく。

しばらくして母は入院する。

父から病院の名は聞いていたが、父は子どもたちをなぜだか、病院に連れて行こうとはしなかった。父は何度か一人で病院に通っていた。食事はこの間、店屋物ばかりだった。

手術は成功したようである。胃の三分の二ほど摘出したそうだ。

父の、

「お母さんが今日退院するよ」

の言葉で分かった。

後は、先ほど述べたように、月一度ほどの検査と放射線の治療を受ければいいのである。

この日に冒頭で述べた「家出」となる。

でもミドリにとってはこの放射線治療が苦痛であったようだ。

私は実際には見たことはないのだが、大きな筒のようなものの中に、寝巻のようなガウン一枚で押し込められるのだそうである。

そのうち、

「もう放射線治療には受けに行かない」

と言い出した。

父も困っていたが、ここはとても気丈な母である。言い出したら聞かない。母は放射線を浴びるたび体の中の内臓が悪くなるように思えたのであろう。

「腐った牛乳を飲んだって、下痢にもならないのですよ」

さすがに腐った牛乳は飲まないにしても古くなった牛乳は飲んでいたようだ。これが病気後の母の口癖になった。内臓が放射線治療によってすっかりダメージを受けていたのだろう。

放射線治療は、癌細胞だけでなく、よい細胞も壊してしまうのである。

母が台所に向かっていた。

私は、

「今日は、何つくるの」

と尋ねる。

「今日は、天ぷらをつくるわ。今日も手伝ってくれるの」

と母。

「何か手伝うことある」

「じゃあ、このコロモを静かにかき混ぜてくれる。力を入れないで優しくね」

こうして台所の手伝いをするのは決まって私だった。

台所に立ちながら母と、雑談するのが好きだった。

「そう、今日学校の体育の時間で、バスケットボールのジャンピングシュートができるようになったのだよ」

「あら、素敵、今度お母さんも耕ちゃんがジャンピングシュートするとこ見てみたいわ」

と母。続けて、

「そう言えば、野球はまだ続けているの。ユニフォームが小さくなってしまったって言っていたけれど」

「少し小さくなったけれどまだ着られるから大丈夫」

「でも次の仕入れの時お父さんに買ってきてもらっておこうかしら」

そんな感じである。


母は、私が小学校へ入学したときに担任の教師から、

「スキップができない」

と指摘されたのを心配していた。


現在もそうなのであろうが、当時五年で再発したら難しいといわれていた。

母も、手術後五年を迎えるころから、体の不調を感じ始めていた。

手術後は割と元気だったが、だんだんとミドリの体に再発の兆しが出てきていたようであ

る。

便秘、体温不調、冷え性、食欲不振などである。でもこれは放射線を浴びたことによる副作用でもあったのだろう。

放射線照射は、再発防止のため、生きていくために必要なものかもしれないが、反面、体を蝕んでしまう要素も含んでいるのだ。

また、母の心を苦しめる、〝精神不安誘因治療器〟ともいうべきものである。

毒でもあり薬でもあるのだ。

(九)

でもやはり放射線治療を拒んだことも大きな原因だったのだろう。

私が高校生になった頃からは、仕事を休んで静かにしていることが多くなった。様々な漢方薬も良く飲んでいた。

「体があたたまるわ」

そう言いながらゆっくりと飲む。

そんな母が突然自宅で倒れた。父は救急社を大至急呼んだ。

そのまま救急車で病院に運ばれた。入院は長くなると思っていた。

ところが数日で自宅に戻ってきた。

今思うと、あれが再発だったのだろう。

恐らく母は医者に、

「どうせ死ぬなら自宅の畳の上で死にたい」

とでも訴えたのだろう。

母は、みるみる動けなくなり、食欲も減り、体もやせ細っていった。食べ物と言えば流動食かおかゆである。それと漬物など……。漬物は母の好物だった。

（十）

高校二年の時だったか、私が、取れた制服のボタンを一つ、針で付けていたら、そのそばで横になっていた母が、悲しそうに涙をこぼして私の様子を見ていた。

私はその時、

「こんなことを母の前でしてはいけない」

と思った。本当に後悔した。

元気な母なら、

「貸しなさい。私がやるから」

と当然言う。

その時はそれさえ言えない体調だったのである。動きが取れない体になっていたのだ。

「馬鹿なことをした」

そういう気持ちがいまだに頭から離れない。


私はその前だったか後だったか、主治医に電話で尋ねたことがあった。

「母はもう駄目なのですか」

と……。

主治医は、

「電話では……話せないが、来てくれたなら話します……」

と、とぎれとぎれ答えてくれた。

でもこれで全てが分かったような気がした。

「ああ、もう駄目なのだ」

と……。

大丈夫なら、

「心配いらない」

という返事が返ってきてもいいものである。

「駄目なのだ」

そう、確信した。「母はもう駄目なのだ」当時は若さゆえの思い込みだったのかもしれない。

でも、これが現実となる。

その日、一人布団の中で静かに泣いた。一人で泣きつづけた。……。

泣いても、泣いても涙がとまらなかった。

（十二）

母はその頃、自分の姪を家庭に招きいれる。

母の兄の子である。といっても、前妻の子である。

母の兄は長男で、栃木の下境の実家を継いでいる。でも、兄の嫁は、三人の子ども、つまり男の子二人と、この姪を残して、子どもたちが小学生、中学生のころ亡くなる。死因は私も聞いたことがない。でも恐らくガンだったのだろう。

兄は再婚した。田舎では再婚は当然のことなのである。まさに人手なのである。

母の三人の甥と姪は一番下の姪が中学を卒業すると逃げるように東京に出てきたそうである。三人で東京に出て仕事を始め三人で暮らしていた。

姪は綺麗な女性であった。今はクラブに勤めているという。もう、三十は過ぎていただろうか。彼女は、恵子といった。

朝昼は我が家の家事の手伝いをして夕方から仕事に出かけるという生活がしばらく続く。

顔の丸い、おっぱいもふくよかなふっくらとした女であった。

女らしい体型とでもいったらいいのだろうか、ともかく肉感的な体型であった。

実は私もよくは分からないのだが、父は、この女となにかしらの関係があったらしい。

母もこのことは気づいていた。でもその姪を家に入れるのである。

母は、この東京へ出てきた三人をよく訪ねては面倒を見ていた。

ある日、

「東京の錦糸町へ行くから一緒においで」

と母がいう。

今日も姪たちの所に行くのだろう。

電車に乗って錦糸町まで行ったのを今でも覚えている。駅からしばらく歩いたあと、私を残して母だけ小さな路地に入って行く。

私は近くの運河で珍しい船を見ていた。初めて見る和船だった。できたばかりと思われる新しい和船だった。

その美しい和船に見とれていたのが思い出されるのだ。

いとこ達と私は顔を合せなかった。母が、私といとこ達と、顔を合わせるのを避けているように感じた。

母の、

「ここで少し待っていてね」

の言葉で感じ取ることができた。

(十二)

母は面倒見が本当によかった。

先ほどの母の兄の後妻の娘が中学を卒業して、東京の美容院で見習いをしながら美容学校に通うため東京に出て来ていた。

仕事が休みの時はいつも我が家に遊びに来ていた。

その姪もわが子のように毎週の休みに家に呼んでは面倒を見ていた。姪も綺麗な女の子だった。私より一つか二つ年上である。

同じ姪でもこの腹違いの姪は、細身の色白の美人である。

母の兄が役者にしたいといったほどの器量のいい娘だった。

姪も、

「若いお母さんみたいで嬉しい」
と言いながら、二人でよく買い物に出かけては夕飯の支度を二人でしていた。
この日ばかりは、母は、姪の母であった。
私たちが入り込むすきがない。
母は、自分の子どもが男ばかりだから、恐らく娘がほしかったのだろう。
夕食の時だけ皆で母と姪が作った料理で食卓を囲む。
また母は、よく言っていた。
「この子を私の息子の嫁さんにしたい」
と……。
いとこ同士である。でもそれほど、この姪がかわいかったのだろう。
当然長男の嫁さんということだろう。
私の兄とは、ほぼ同じ年になる。
私には、年上の女房になるわけだから……。

正直私は次男坊で、母親の愛情はかなり受けていたとは感じていたものの、父親の愛情は皆無といってもいい。

二男とは、そういうものである。だから独立心ばかり旺盛になる。

でも、この姪は静子という名の子だが、本当、可愛く目鼻立ちのすっきりした、色白で素敵な女の子である。


話が前に戻るが、恵子という女性、母の姪になるわけだが、彼女、ふっくらとした丸顔の女性で、ふくよかな女らしい女であった。

胸もふくよかなのは、高校生の私でも分かった。彼女は家庭的な女性であった。アジの干物を焼き、私が、

「アジには味がある」

などと冗談を言うと、

「アジの味がわかるのね」

などと受け答えしてくれる女である。


でも、私の問題意識は母の気持ちである。

母親のミドリは、何故、この姪を家に呼んだのか……。

私には、今でも分からない……。

女は、女房、妻、何でもいいのだが、もう一度繰り返すが、女は、女性を捨ててまでも、子どもたちの将来を考えるものなのか……。

妻である自分と父の愛よりも子どもたちの将来の幸せを考えるものなのか。

女としての愛よりも子どもたちへの愛が大切なのか……、と。

先ほども述べたが、父と何かしらの関係があったとされる女である。


ともかく思い出す……。

私が制服のボタンを針で付けていた時、涙を流していた母を……。

母は、夫との愛よりも、子どもの幸せをとったのだろうか、と……。

要するに、女を捨て、母親をとったのである。

でもそこに至るまでおおきな葛藤があったのだろう。そんなに女を捨てるなんていう発想は簡単にはできるわけはない。

私は本当に後悔していた。

「あんなところを、母に見せるべきではなかった」と……。

もう、自分の愛する息子たちの世話を焼くことができない、恐らく死に行くだろう自分の身と、悲しいほど立ち向かっていたのではないだろうか。

もう子どもたちの面倒を見ることができないわが身と子どもたちの将来を考えた、それこそ究極の判断だったのではなかったのか。

（十三）

ある朝、私は親戚の叔母に起こされる。

私たち三人は二階の部屋で、勉強、寝泊まりをしていた。店の上にある八畳ほどの部屋である。

母の寝ている部屋には、親戚たちが、母の周りを囲み、医者が横で、酸素ボンベを用意していた。昨日辺りから、親戚連中が田舎から出てきていたのだ。医者から母の死が近いことを知らされた父が親戚に連絡したのだろう。

「もう、死が近いのか」

と私は思っていた。主治医との電話でのやり取りを思い出していた。

苦しそうに息をする母の左手を従兄の青年が摑んでいた。

やがて苦しそうな母の息が静かになる。

医者が脈などを確認して、

「ご臨終です」

と静かに告げる。

「ミドリちゃん……」

誰となく叫ぶ。

周りからは皆のすすりなく声と、大きな鳴き声も聞こえる。

私はもうすでに覚悟していてその朝を迎えた。もう何度も既に布団の中で泣く日を過ごした。

だからその朝は、自分でも不思議なくらい冷静であった。涙も出なかった。

母、享年四十二。とても若過ぎる死であった。

（十四）

その後は慌ただしく過ぎた。
葬儀の準備。食事の用意、葬儀社への手配……。
葬儀屋さんの準備は手際よい。
そして、お通夜、告別式と火葬……。
真言宗の習いに従って行われていった。
火葬の儀式は大変ショッキングなものである。
体が消えて骨だけになってしまうのだから。
火葬から帰って、当日に初七日も済ませ、我が家は再び落ち着きを取り戻した。
でも、初七日を終えたその日、とても驚いたことがある。
伯母、叔母たちが一斉に二階に上がってきた。
そこには母の着物が入った桐箪笥が二つ並んでいた。

親戚の女たちは勝手に、

「形見分けだよ」

と言いながら気に入った着物を手当たり次第箪笥から引き出し、勝手に持っていってしまおうとしていた。その光景は、とても形見分けなどという雰囲気ではなかった。

まるで自分たちの好きな着物の奪いあいである。恐ろしい光景だった。

私は心の中で、

「止めろ」

と叫んでいた。

でも声にはならなかった。

下にいる父も何も言わなかった。

生きていく人間のおぞましささえ感じた。あの時彼らが流していた涙はいったい何だったのか。

形見分けとは、何と都合のいい言葉だろうとつくづく思う。

亡くなった母が大切にし、愛していた着物……。

親戚とはいえ、母の着物は、彼らに着古され、ボロボロになっていくのだろう。

何か人生そのものを見る思いである。

「形見分け」

着物を思い思いの気持ちで一枚ずつくらいもらっていくのならまだいい。だが手当たり次第である。

何と強欲な生き方。私の頭はその時、大分混乱していた。


姪の恵子は、勝手の後かたづけなどをしていた。

でも母がこの家から消えて、子どもたちと恵子との間には、気まずい雰囲気が漂っていた。お互い無口になっていた。

恵子が用意したおかずや、ご飯も食べていても何となく味気ない。そして口が開かない。言葉が出ない。

恵子もそれを感じたのだろうか。静かに食事を済ませ、かたづけを済ませると所在なさを感じるのか、黙りこくっていた。

（十五）

恵子は自分が子どもの頃から、若い頃の事を思い出していた。

自分の人生を反すうするように思い返していた。

父が、前妻の子、つまり、恵子と二人の兄を家に置いたまま再婚する。後妻は、それほど美人ではない。でもかなりやり手だった。

昔からのたばこの葉の栽培を引き継ぐ。必死と言えるほどのはたらき具合である。最初は義理の子どもたちにも少しは優しかった。

食事の準備など、忙しいながらもしてくれた。でも自分の長女を身ごもった頃から様子は少しずつ変わってきた。

「自分の身の回りの用意などできることはできるだけ自分たちでしなさい」

そう言いながら、継母は、自分の身の周りと自分の子と自分の亭主への世話に一生健命である。

明らかに、前妻の三兄妹を、「排除」しようとでもする雰囲気である。やがて継母に、二人の娘と念願の末っ子の長男が生まれる。

それからは、前妻の三兄妹をまるで邪魔者扱いである。

三兄妹は、心の中で寂しさを次第に抱いて行った。恵子は中学の三年になる。

三人は、

「恵子が中学を卒業したら、三人で東京へ出よう」

そう話しあっていた。

二人の兄は高校生だったがそれも中退する覚悟であった。

恵子の中学校の卒業式の夜、兄たちは父に
「東京に出て三人で暮らす」

ことを打ち明ける。

父は、少し悲しそうな顔をして、それでも、

「分かった。そうするといい」

と同意してくれた。そして、心ばかりのお金の入った封筒を長男に渡す。

「これで、アパートを借りるなり、当面の生活の資金にするといい」

そう言って、父はその場を去る。父としては最大の援助と心配りのつもりだったのだろう。

継母とうまくいっていないことは十分分かっていたのだ。

翌朝、三人は、家を出る。東京へ出ると言っても、頼りにする人間など誰もいない。強いて言えば、叔母さんに当たるミドリ、だけだった。ミドリにだけは、このことは伝えてあったのだ。ミドリは当面住むアパートなど、目ぼしは付けてあった。ミドリも兄が悪い人間などとは思ってはいない。

継母との人間関係の難しさをよく理解していただけである。

恵子は、東京に出て、近くの精肉店でアルバイトとして働く。コロッケなどを自家で揚げて販売する、小さな肉屋である。

隣にガソリンスタンドがある。

そこに、高校を出たばかりだという青年がいた。彼はよくそのコロッケを買いに来る。スタンドに来るダンプの運転手に頼まれるようである。恵子は、しばらくしてその青年に淡い恋心を抱くようになる。

「コロッケ、五つください」

青年は今日も買い物に来る。

恵子がスタンドを見るといつものダンプカーが、給油している。

「店主に内緒で、一つサービスするわね」

そう言って、袋に六つのコロッケをしのばせる。

「有難う」

青年はお礼を言って店を出る。

店からも、ダンプの運転手とその青年が美味しそうにコロッケを食べているのが分かる。

恵子は、何か少し幸せな気分になれた。

いつもその青年は千円札を持ってくる。その千円札の出どころは、ダンプの運転手なのである。

でもその青年は半年ほどで姿を消す。

聞くところによると、大学を目指して勉学に励むのだという。その時恵子は、十七になっていた。何か寂しさがとめどなく、わきあがる。恵子は転職を決意する。

就職の面接に行ったのは小さなスナックである。店のママは、まだ三十五ほどのセクシーな女である。

「年はいくつ」

ママが尋ねる。

「実はまだ十七なのです」

「そうなの。でも大丈夫。年の一つ、二つはごまかせるから。今まで何してきたの」

「肉屋さんで働いていました」

「じゃあ、給料もそんなに高くはないわね。ここなら倍くらい稼げるわ」

恵子はそうして夜の仕事に自分の身を埋めていく。

恵子の兄の長男は、小さな自動車屋の板金工から、大会社の自動車工場に再就職する。夜勤も当然ある。

二男は、魚屋の丁稚として働いていた。だんだん夜も三人は顔を合わせることがあまりなくなり、少しずつ離れ離れになって行くのであった。

恵子は、その後スナックを転々とする。

でもこの商売、化粧代やら、衣装代でそれほど、お金は残らないらしい。

恵子は、そんな時、キャバクラの仕事を見つける。池袋の店である。

恵子は自分でも分かっていた。寂しいのである。何か心の拠り所がほしいのである。

客の中には、彼女に言い寄ってくる男もいた。でも皆本気ではなかった。

いくら口説かれても、所詮酒の席での話であった。今は華やかそうな生活をしているものの寂しさや将来への不安は消えない。

そんな時、恵子を毎晩のように指名してくる男がいた。恵子と一緒になりたいという。半信半疑だった恵子も、少しずつその男の気持ちに引かれていく。決して真面目な男ではないことは、何となく分かる。でも恵子は自分を抑えられない。一緒になることを、真剣に考え出していた。そんな状態で、夜も何度か共にした。ともかく彼は、あまり裕福ではなかった。一緒に暮らすには先立つものが必要である。

恵子はいくらかのまとまったお金が欲しかった。と言っても頼る人間などさほどいない。思い着いたのは、恵子の叔父、つまり寛だった。彼女は、寛の事務所を訪ねる。

寛は、

「おや、珍しい。お元気でしたか」

「ええ、御蔭様で……」

寛は、その化粧や、着こなしから、水商売でもしているのだろうと察する。

「ところで、今日は、どんな用事で」

「ええ、叔父様に少し工面して頂きたくて」

「ええ、そうですか。いいですが、返すあてはあるのですか」

「……いいえ」

小さな声で答える。

「そうですか。ということは……」

恵子は、下を向いたままである。でも工面してほしいという気持ちは本気であることは察しがつく。

「ともかく、私も今日は仕事は終わりましょう。これから一杯飲みに行きましょう」

そうして二人は事務所を出た。

近くの居酒屋に二人は入る。

寛は、酒二合と、焼き鳥を注文する。

「さあ、恵子さんも飲みなさい」

と言って酒を進める。

恵子は、一気に杯を空ける。

「いい、飲みっぷりだね」

恵子は、次々と酒を飲み干す。何かを忘れ去ろうとするように。寛はさらに酒を二合注文する。

「恵子さんも、今まで大変だったのだよね」

「……ええ……」

「さあ、飲みなさい」

寛は酒をさらに進める。

恵子は、かなり酔ったようである。寛は酒を追加注文する。寛もかなり酔っていた。酔ってしまうと、寛は、叔父、姪の関係などかなり忘れていた。酔ってしまえば所詮男と女の関係になってしまうのだろうか。

寛にとって、恵子の肉感的な体と豊満な胸は彼の本能をくすぐった。

「さあ、行こう」

そう言って、寛は次の場所へ向かう。

旅荘というと聞こえはいいが、安普請の旅館である。恵子は下着だけになって布団に横になる。寛も下着だけになって、恵子の横に寝ころぶ。後は男と女であった。寛は恵子の下着をはぎ取り、その豊満な胸をもてあそぶ。

恵子の胸を唇で舐めまわし、手で愛撫する。

本当に豊かな胸である。そして、愛撫は下半身まで及ぶ。柔らかい脚。肉感的な体である。

そうして男と女の行為が終わる。

行為が終わると、恵子は寛とは反対側に横になる。何か、終わったというほっとした気持ちが、全身を覆う。向こうを向いた恵子に、寛は何も言わなかった。満足感より、空虚感が全身を覆う。

「さあ、帰ろう」

そう言って寛は、札束がいくらか入った封筒を恵子に渡す。

二人は旅荘を出てそのまま無言のまま別れた。

恵子と、クラブの男とは、一時同棲はしたものの、一か月もしないうちに別れた。

それも恵子にとっては、寂しい思い出として残った。悲しくはない。寂しいだけの思い出である。不幸な女性である。その後も寂しい思い出をいくつか体験していくだけであった。


そんな頃、叔母のミドリから連絡が来る。

「家に来て、子どもたちの面倒を見てくれないか」

恵子は、その時思った。

「私が家庭を持ち、生涯抱えてきた寂しさが消えるのだろうか」

でもそれは淡い期待だった。結果は、先ほどの通りである。

しばらくして彼女は、家から消えた。

恵子は、この家から去るという選択しかなかったのだ。

さすがに叔母の亡き家にはいづらかったのである。

でも恵子が家を出たことで亡き母の意思は実現できなくなる。

私の心は複雑だった。

「母が望んだことは、何だったのか」

この話は、母の気持ちとは裏腹に、どこかに問題があったのだろう。そして、問題は人の「心」なのだろう。

私はそう考える以外なかった。

彼女とはそれ以来会ってないような気がする。でも幸せになってほしいと心から願う。

小学生の時代から不幸を背負ってきたのだから……。

（十六）

東京での葬儀では戒名は付けなかった。烏山の父の実家で、もう一度簡単な葬儀を挙げ父の実家のお墓に仮納骨する。

父の実家での葬儀はそれこそ「手抜き」の葬儀である。

わざとそうするのだという。

若くして亡くなるとそうする。たとえば大きな竹を三本立てるところを二本にしたりする。

わざとそうするのである。

伯父さんがこういう。

「若くして亡くなるとこの村では皆そうするのだ」

若死には許さないという意思表示なのだろう。

大木須での葬儀は静かに行われた。

戒名も烏山の御寺で頂き、漢字十字にも及ぶ立派な戒名をいただく。東京で頂いたら、それこそ二、三倍近く金を取られる。まさに地獄の沙汰も金次第である。

お通夜の夜中に近所の叔母さん方が、奥の部屋で、大きな数珠をみんなで回しながら御経を唱えている。

私はそれを静かに隣の部屋で見守る。

お通夜が済んで、次の日の朝は、寒いが天気の良い朝であった。

大木須は、土葬である。だから普通は、大きな穴を掘るのだが、骨壷用の小さな深い穴である。でもかなり深く掘るものだから、ご先祖さまの骨にぶつかる。

母の骨壷が埋葬され、すべては終わった。


帰りがけ、父とその兄が何か話し合っている。

「じゃあ、しばらく、おんばあ、を東京に行かせるか」

と兄。

兄は当然、父の兄のことでこの本家を継いでいる。

おんばあ、とは、二人の父の妹で、若い頃は保母をしていたようだ。今も独身で、この本家に居候の身である。

「そうだな。当面そうしてくれ」

と父。

「そのうち、いい娘がいたら世話するから」と兄。

おんばあ、は、性格はとてもいい女である。ただ、自分の孫のような、父や兄の子どもを可愛がりすぎ、兄の嫁などとよくトラブルを起こしていた。

ささいな事なのだが、おんばあが、

「もっと可愛がってあげて」などというと、

「私の子だから、煮て食おうと焼いて食おうと私の勝手だ」

これが嫁の口ぐせであった。

父の子ども、つまり私たちもよく可愛がってくれた。その、おんばあ、を当面家に寄こすという相談をしていたのだ。

（十七）

私は思う。

「女手なのだ……」

と。

家庭にとって、女手は切り離せない問題なのである。確かに、食事、洗濯、掃除など家庭の仕事は多い。そして、私たち子どもの世話。死んだ母も当然考えていたことなのであろう。

父の心の隙間と、子どもたちの世話、その両方を解決する手段として、姪を自分の後に据える。

一見合理的である。母は、栃木の田舎の風土から、当然父の後妻の話が持ち上がってくることも承知していたのだろう。

ならば、母の知っている、そして性格もよく知っている姪を自分の後に据える……。

母のこの気持ちが全く分からないわけではなかった。

でも、母を一人の女として考えてみた場合はどうなのだろうか。そう考えると母の気持ちがよく分からなくなる。

父は、下境に途中寄り、母の母、つまり下境の私たちのおばあさんに会う。

下境のおばあちゃんは、年とはいえ、まだ元気で、ミドリの事をとても悲しんだ。

「ミドリの骨をひとつ」

そういいながら泣き崩れていた。

父は骨壺を開け、ミドリの骨をひとかけら取り出す。ミドリの母はそれを仏壇に置く。

下境からは、姪の静子が葬儀に出てきてくれていた。

いろいろ会話を交わしたのだが何を話したかはよく覚えていない。ただ、静子は、他の兄弟とはほとんど口を利かず、私との話が主だった。

そういえば思い出す。

静子と静子の姉がひそひそ話をしていたのを聞いたことがある。

姉が静子に聞く。

「三兄弟の中で誰が一番可愛い」

「…うん…耕ちゃん……」

ちなみに耕ちゃんとは私である。

(十八)

帰りの自動車の中では、父、私の兄、私、弟、みんな無言であった。暮れて行く外の景色を窓から眺めている。

兄は位牌を大事そうに抱えている。

この当時は東北自動車道などまだできてはいなかった。国道四号線を東京に向けて南下する。周りには、間をおいてドライブインが立ち並ぶ。大きなドライブインには、もうすでにダンプカーや、大型トラックが何台も止まっている。

父が、突然のように言う。

「ご飯にするか」

みんな聞いてはいるが、黙っている。

「食べたいものあるか」

「任せるよ」

という無言の反応である。

私は、こだわるように、姪の後妻の問題を考えていた。

姪は家を出ていった。果たしてそれでよかったのか。

母の「後妻」になるということに、私には抵抗があったのも事実である。私にとっても、母は、自分の母だけで十分であった。他の母など要らない。

でも恐らく、母は自分の夫のことも念頭にあったのだろう。

母は、誰が、自分の後を継いでくれればいいか考えたに違いない。

そして、誰なら、今の店を上手に引き継いでくれるのか……。

おんばあ、は、それから何日かして、我が家にやってきた。でも結局都会の生活にはなれず、体調を崩し、ほとんど、仕事などまともにできる状態ではなかった。一日の大半を寝て過ごす生活である。ましては、店に出るなど、困難であった。

大木須の田舎で、一人居候の身で暮らしていた女である。当然の結末なのかもしれない。

何カ月、いただろうか。おんばあ、は田舎に戻って行った。

お店は、少しずつ客足が遠のいていった。

その後、栃木の親戚は、あれこれと、見合いのような話を持ってくる。でもどれも父の納得できるものではなかった。

父の姉が、東京の東村山に住んでいる。そんな時この伯母が、再婚話を持ってきた。

何でも大きな農家の娘であるという。近くの寮で賄いの手伝いをしているという。実家は既に、この娘の兄が継いでいる。四十ほどの女である。

その女が、伯母に連れられて、家にやってきた。私から見ても、決して美人とは言えなかった。

父は、納得するのだろうか。

しかし、この話は思いのほか、とんとん拍子に進んで、その女は我が家に収まった。

私には「愛」など二の次に思えるような展開の速さだった。

やがて、継母が身ごもり、女の子を産む。

絵を書くのが好きなおとなしい少女だった。

私は、再び疑問が頭に浮かぶ。

「家族っていったい何なのだろうか」

腹違いとはいえ、私の妹になるのだ。


私は、やがて大学を卒業し、横浜の教職員の採用が決まり、横浜のアパートで独り暮らしを始めていた。

最初は自宅から二時間かけて通っていたのだが、先輩の先生が、

「いいアパートを紹介するから。君も通勤が大変だろう」

私も
「はい、わかりました。父に相談してみます」

という事になった。

その話を父にすると、少し寂しげな表情を浮かべていたが、

「仕方ないだろう」

と、自分に言い聞かせるようにうなづいていた。

ある時、私が正月に車で実家へ戻った時、父は体調が悪いらしく、寝込んでいた。私はこの娘をつまり腹違いの妹に当たるわけだが、丁度その時、実家に戻っていた私の弟と、

「高尾山にでも、妹を連れて、初詣にでも行ってみよう」

という話になった。妹は、もう、小学校の一年生になっていた。

正月だけあって途中の道はとても混んでいて、車は進まない。それは高尾山に着いても同じだった。ケーブルカーが混んでいて乗れない。

「歩くしかないが、遥子、大丈夫か」

私が尋ねる。

遥子は、

「大丈夫、歩く」

三人は山道を歩きだした。途中の道は、寒いが、歩いているのが適度な運動になってとても爽やかだった。

頂上の薬王院でお参りを済ますが、帰りのケーブルカーも混んでいる。歩く以外になかった。帰りの道路も混んでいる。予定よりかなり遅くの帰宅となった。暗い夜の道の自宅に着くと、継母はその暗い店先で遥子が帰るのを待っていた。暗い中一人でポツンとたたずんでいる。とても寒い夜だった。

「ああ、やっぱり母親なのだ」

私は思わずそう思う。継母は、自分が産んだ娘である。でも、いつ帰ってくるか分からない、寒くて暗い中一人で待ち続けていたのである。

「でも、母親って一体何なのか」

私は、家族や、親子とは何か、再びそんな疑問が頭の中をよぎる。

私は学生時代に大きな失恋を体験し、またいくつかの恋愛を経験し、悲しい思い出などを残しながらも、大学を卒業し、今は、結婚して二人の娘もいる。仕事も地方の公務員となっていた。安定した仕事である。

母は生前、

「恩給の出る仕事がいい」

とよく言っていた。実際には、現代では、恩給などというものではなく、全くの年金なのだが……。

でも私の問題意識は、まだ残されたままである。

「一体、結婚とは何なのだろう。そして愛とは」

母が取ろうとした行動は一体何だったのだろうか。確かに、子どもたちを育てるための女手だと思えばいいのだが……。

結婚とは、要するに家庭での、仕事の役割分担のための体のいい、単なる同居に過ぎないのか。子どもをつくり育てる手段でしかないのか。何で、結婚や再婚を単なる人手の確保のように軽く考えてしまうのか。

私はこのような考えにはどうしても納得がいかなかった。と言ってもはっきりとした結論が出ない。

「母のとった行動は究極での判断でしかないのではないか」

要するに女であることを捨てたのである。

本当の男女間の愛は存在するはずである。

私の心の葛藤は終わらない。

何かを悟るまでは……。

私は仕事の関係で牧師さんと話す機会があった。唐突だが聞いてみた。

「キリスト教の言う愛とは何なのですか」

彼はおもむろに答えた。

「一つは、あなたの神、主を愛さなければいけません」

続けて、

「あなたの隣人をあなた自身のように愛することです」

そして最後に、

「お互いに愛し合いなさい。わたしがあなたを愛したように。このわたしとは、キリストになるのでしょう」

ちなみに仏教では、

「愛を離れること」

が邪心を捨て、悟りに近づく道なのだとか……。

確かにこの話は明快である。たとえば己の死が近づいた時、「愛」などという未練を残せば、この世に執着心がわくだろう。

でも私は、この話を聞いて何か少しがっかりした。

何か違うような気がしたのだ。

「神を愛するのが第一なのか。それと、仏教では、愛は、煩悩の一つ……」

愛の高まったものが慈悲であるという説を唱える仏教学者もいる。

ある僧侶の話によると、布袋様が背負ったあの大きな袋は、宝の詰まった袋ではなくて、人間の煩悩の詰まったものだという。

家族愛、親子愛、人類愛、そして男女の愛とは何なのか……。

改めて感じる今日このごろである。

この世の多くの人はたくさんの煩悩の中で生きている。

そして、人間は、同じ事を、いつも、繰り返しながら生きているのだ。異性を愛し、結婚し、母親は子どもを愛し、そしてその子どももやがて母親となり、その子どもを愛しながら一生を終える。

それはまるで男女間の恋や愛など一時的だと言わんばかりに……。

しかし思う。それでは、人間は、そして人生は、悲しすぎはしないだろうか……。

でも、結局、人間は、布袋様の袋ではないが、たくさんの煩悩を抱えて、またそれを増やしながら生きていく動物であるということなのだろうか………。

愛とは一体何なのだろうか。

「真実の愛」

など幻想にすぎないのか……。

と述べつつ、そんなに大上段に構えるなという心の声も聞こえるのである。


（完）

大学講師

第一章　出会い

（一）

大学講師

彼の名は、石井雄二。

大学の講師をしている。初老の頭には白髪が少し目立ち始めた男である。ふちなしの眼鏡をかけている。もう少しで、五十になる。

でも、外面は若く見え、孫が二人もいるおじいちゃんだとは周りからは思われない。

二人の娘がいる。上の娘は若くして、結婚というより、早々入籍し、子どもを二人産んだ。でも、今は、離婚して、出戻っている。

上の娘は、綺麗な顔立ちをしていた。

ある日、わけのわからない男を連れて来て、一緒になりたいという。その男も「裕子さんと、一緒になりたい」と懇願する。

聞けば、父の植木の仕事を手伝っているという。でも、その仕事が駄目だという気持ちは雄二は全くもっていない。

でも見るからに、怪しげな、目つきの悪い顔をした男であった。

当然ながら雄二はその申し出を断った。

でも困ったことが一つあった。

裕子は妊娠しているらしい。

「まだ君だって、若いのだから、遊びたいことだってたくさんあるだろう。もう少し、落ち着いてからでも遅くはない。あと何年か、付き合ってから、それでも、一緒になりたいというのなら、私も考えるから」

と、優しく諭していた。

でも、この男は、他人の気持ちなど、知ろうとする心のゆとりなどないようだ。

「裕子のお腹の中には子どもがいます。お父さんは、それを殺そうというのですか」

この言葉には、雄二もさすがに困った。

「おろせばいい」

とは、簡単には言えない。

雄二は、それを、暗に、ほのめかすようにしか言えない。

娘はまだ十七、男は二十歳だという。

「おろすなんて子どもがかわいそうです」

確かに、この男のいう通りである。

妻は、押し黙ったまま、二人の話を聞いている。

この日の話は、平行線のまま終わった。

今度この男の両親を連れてくるという。

雄二は、この男の両親などと会う気はしなかった。でも状況がそれを許さないのは十分分かっていた。

「困ったことだ……」

ひとり言のように繰り返す。

「困ったことだ……」

（二）

雄二は、M大学の理学部の教室の教壇に立っていた。ここで、「自然科学概論」の講義を受け持っている。

「ル・シャトリエの原理は、平衡状態にある反応系で、濃度、圧力、温度などの条件を変えていくと、その影響を小さくする方向に、平衡が移動するということを言っています。たとえば、ある平衡状態にある水溶液で、ある物質の濃度を大きくすると、その濃度を減少させるような方向に反応が移動します。

逆に、濃度を小さくすると、それをふやすように平衡状態が移動します。同じように、たとえば温度を上げてやると、吸熱の方向に平衡状態が移動してしまいます」

しばらく学生たちの様子を見たあと、続けて、

「みなさんは、電磁誘導という現象を知っていますね」

学生の反応を見た後、

「あれも、原理的には同じようなものです。要するに、磁界に変化が起こると、その変化を嫌うように、誘導電流が生じます」

「それは、あたかも、自然現象というものが、身の周りに変化が起こると、それを避けるようなことが起こるわけです。まるで、自然に何か変化が起こると、それを避けるような現象が起こるわけです」

「自然というものは、何か変化が起こると、それを嫌うような現象が起こるということなのでしょうか」

そこで、雄二は一息ついた。

丁度その時に講義終了のチャイムがなった。

雄二は、

「では、今日はここまでにしましょう」

そう言って頭を下げ教室を出る。

自然科学だけあって、学生は男子の方が多い。その中に混ざって女子学生もいる。受講生は、五十人くらいだ。

中には、

「有難うございました」

とあいさつしていく学生もいる。

（三）

裕子の友人の男から電話があったようだ。妻が電話をうけた。都合のいい日を教えて欲しいという。会う気など全く起きなかったが、

「次の金曜日にしてくれ」

と、妻の智子に伝えた。

雄二は約束せざるを得なかった。

憂鬱な気持ちが、心を覆っていた。

約束の日が来る。その晩、その男と、両親をやむを得ず、我が家のリビングに招き入れる。父親は、植木職人というだけあって、見るからにそのような雰囲気である。小太りの丸顔の男であった。一見話は理解してくれそうな雰囲気の男である。

母親は、とても若々しく見えた。少なくとも父親よりは、物事を判断する力はあるように思えた。

一通り挨拶を済ませ、テーブルに座る。六人掛けのダイニングテーブルである。お互い三人は向かいあうように座る。

雄二は、少し酒を飲んでいた。飲まずにはいられなかったのである。それもかたづけ、話し合いとなる。

男の両親は黙って、雄二と自分の息子の話を聞いていた。

話は相変わらず平行線である。

「まだ君だって、若いのだから、やりたいことだってたくさんあるだろう。まだ二人は若すぎる」

というのが、雄二の話。

「それでは、お腹の赤ちゃんがかわいそうだ」というのが男の論理。

雄二の妻は黙っている。横に座っているのでその表情はよく分からない。雰囲気から泣いているようにもみえる。

少し話に疲れた雄二は、〝下駄〟を向こうの両親に預けて見ようかと思う。これだけ二人の話を聞いていたのだから、少しは状況を理解してくれただろうと過信した。でもこれが大きな間違いだった。

まず、雄二は裕子に聞いた。

「裕子、お前はどう思う」

「なんだか、もう良く分からない……」

と、裕子。

「ご主人、あなたはどのようにお考えですか」

この言葉をどうも、雄二の「同意」と勘違いしたらしい。

裕子に、

「家に来るか。これから母親になるため、勉強しなければならないぞ」

雄二は失敗したと思った。心からそう思った。

「この父親は二人の会話を本当に聞いていたのだろうか」と……。

男の母親も、

「体が大きいから、もう少し年上だと思っていました。まさか、まだ高校生だとはね……」

続けて、

「でも、私が面倒を見ますから」

雄二は返答のしようがなく黙って、うなずく以外なかった。

こうして、裕子はその男の実家へ行くこととなる。雄二は、耐えられないような気持ちでしばらく生活することとなる。この先、裕子はどうなるのだろうか。面倒見のよさそうなその男の母に任せる以外ない、と自分に言い聞かせる雄二であった。


何日かあと、男の実家の近くの和風レストランで、向こうの家族との対面をする。

男の下には、妹と弟がいた。

妹は公立の商業高校に通っているという。

弟は、まだ小学生で、野球に夢中だという。

雄二は、少し酒を飲み、話を相手に合わせていた。

これが結婚式の変わりとなる。男の父親は下戸であった。娘が以外と元気なのに、少しほっとしている雄二であった。

数か月後、子どもは男の実家の近くの病院で生まれた。女の子だった。そう男の実家から連絡がきた。

雄二と雄二の妻は娘を見舞いにいくことにした。

「孫の顔でも見てやろう」雄二は、そんな、気持ちで病院へ向かう。

病院の駐車場で、男の父親に会う。

「娘さんも、赤ちゃんも元気でしたよ」

嬉しそうにそう言う。

雄二は、

「そうですか」

と相槌を打つように、早々病院の玄関に向かった。

赤ん坊は、やはり赤ん坊である。まだ生まれたばかりなので、まるでサル顔のようだが可愛いと言えば可愛い。

看護婦は、

「抱っこされますか」

と問うが、雄二は断った。

雄二の妻は、しばらく、初孫を抱いていた。

「子どもに罪はない」

そんなことを雄二は考えていた。

雄二はその日、M大学で、植物の話をしていた。

「植物、特に落葉の樹木は、光の多い春や夏に光合成をたくさん行います。一年分の生活のためのエネルギーと春の開花そして種子を作り子孫を守るために……」

外は木の葉の紅葉が始まっている。

落ち葉は、一見美しいものだが、あれは己の木、つまり樹木本体を守るため、葉が自ら散って、半年間の木に貯まったゴミを捨てるための行為である………とそんな内容だった。

講義を終えると二人の女子学生が、雄二のところにやってきた。

眼鏡をかけた方の一人が言う。

「私たち四年生なのです」

「へえ、この講義は二年生が対象だが」

「私たち、先生のファンなのです」

と眼鏡の女の子。

もう一人のほっそりした顔立ちの女子学生が、

「ええ、私たち、二年生のとき、先生の講義を受けました。でも、もう一度、先生の講義を受けようと、幸子が言うものですから」

幸子というのは、その眼鏡をかけた女子大生のことらしい。

「ええ、私たち、盗聴なのです。先生の講義がもう一度聞きたくて」

と眼鏡をかけた女子学生が言う。

ほっそりした顔立ちの子が、

「そう、私は、幸子に誘われて……」

「ええ、そうだったのですか」

と、雄二。

幸子という名の子は、

「先生、今度三人で飲みに行きません。お誘いしてもかまいませんか」

と真顔で、尋ねる。雄二は真意を把握できなかった。その幸子という名の子を見つめる。

眼鏡の奥の瞳は、とても澄んでいて、大きな美しい目をしていた。雄二を見つめる彼女の目には、本気さがあふれていた。

雄二は、

「あなたが、幸子さん」

と尋ねる。

「はい、大木幸子といいます」

「そして、そちらの方は……」

「私は岩下久美といいます」

幸子は、さらに真顔で、

「先生、本当に三人で飲んで頂けませんか。わたし、どうしても、普段の先生のお話をお聞きしたいのです」

雄二はしばらく考えた後、

「分かりました。今度の講義の日の後にでも、少し飲みましょうか」

久美は、

「ああ、良かった。幸子よかったわね。私もとてもうれしいです。先生本当に有難うございます。本当にいいのですか」

雄二は、

「一杯飲むぐらいなら、かまわないですよ」

「先生、本当に有難うございます」

二人はそう言いながら教室を後にした。

窓の外は晩秋の気配が漂う夕焼けの景色である。空気が澄んでいる。落ち葉が時折舞い散る。

次の週の講義が終わった後、二人の学生がさっそく、教壇にやってきた。

幸子は、

「先生、約束ですからね。今日は本当に飲みに行きますからね。今日はバイト代が入ったばかりなのでごちそうします」

久美も、

「わたしもバイト代入ったばかりなので、飲み代お出しします」

雄二は、

「有難う。でも、今日は割り勘ということで飲みましょう」

そう言って教室を出る。

大学のそばには、学生向けの安い飲み屋さんが多い。

「先生は、和食党ですか。それとも洋食党」

「そう、どちらかと言うと和食です」

続けて、

「でも飲む時は、焼き鳥などもいいですね。そして日本酒が好きです」

幸子は、

「安くておいしい、焼き鳥屋さん、知っていますよ。そうだ、そこへ行きましょう。私たちがご案内しますわ」

雄二は、

「そうですか。おまかせしますよ」

店に着くと、丁度四人掛けのテーブルが開いていた。

そこに、三人は座り、

「先生、まず、ビールで乾杯しましょう」

と、雄二の返事も聞く前に、

「ビール、大ジョッキ三杯」

と、店員さんに注文している。

「二人は、よく飲むのですか」

と雄二が尋ねると、

「ええ、私たち飲み仲間なのです」

と、二人。

「でも、飲みすぎることもあって、どちらかが、意識がはっきりしていればいいのですが」

と幸子。

「それは危ないですね。若い子同士、二人とも酔っぱらってしまっては……」

「そうですよね。だから、幸子がたくさん飲んでいるなと思うと私が控えるのです」

と、久美。

「ええ、逆の方が多いんじゃない」

と、幸子。

「そんなこと、ありません。幸子の方が、飲み過ぎて私が介抱することが多いのですよ」

と、久美。

そんな、二人の会話を、雄二は楽しそうに聞いていた。

そして、

「エントロピーという概念を知っていますか。

エントロピーというのは、乱雑さを表す考え方で、人間も放っておくと乱雑になっていくということなのでしょうね。さしづめ、お酒は乱雑さを増すものということでしょうね」

「本当に先生のおっしゃる通りですわ」

と、幸子。

「実は、私たち、中学校か、高校の教師になりたくて」

二人は、顔を見合せながら、

「それで、先生が講義で言われていることが
とても勉強になります」

と、幸子。

続けて、

「だから、先生の言われていることが、授業の中で、私たちが自然に生徒に話せたらいいな
と思うのです」

「そうですか」

そう言って、一杯、杯を飲み干した。雄二は既に、日本酒に変わっていた。

「先生、来週も飲みましょう」

「いや、二週間に一度くらいにしましょう」

「ええ、でもそれは残念だわ」

と、幸子。

「講師料なんて安いものですから」

確かに大学の講師料などそれほど高くはない。だから、雄二は塾や、予備校の講師なども兼ねていた。

「先生、じゃあ、今日はたくさん飲んでください」

「もう、十分、飲んでいますよ」


そんな様子で、第一回目の会は終えた。

そうして、そのような三人のささやかな宴会が何度か行われた。

雄二は、その会合が少し楽しみにもなっていた。

「若い人の考え方を聞いているのもいいものだ」

そのように思う雄二であった。

（四）

ある日、雄二の自宅へ、裕子から電話がかかってきた。裕子の体の調子が悪いという。

雄二は、妻と裕子のアパートへ車を走らせた。生まれた子どもは大きくなって、既に三人でアパート暮らしをしていた。男は、生活費を三十万ほど入れてはいたが、あまりアパートには帰ってこなくなっていたようだ。二人が一つの布団で寄りそうように寝込んでいた。

その日は、二人を雄二の家へ連れて帰ってきた。

しかし、裕子は、実家へ帰宅してからは、一変して表情が明るくなる。孫娘も元気そうで、雄二の妻の用意した夕食を、美味しそうに食べている。雄二は、何か、言葉をかけてあげたい気持ちがあったが、言葉にならない。何と声をかけるべきか、思いつかなかったのである。


明らかに、娘は、あまり幸せではないことだけはよく分かる。

要するにまだ若すぎたのである。

雄二は、彼らの将来に、改めて不安を感じていた。


その日、講義を終えると幸子が、さっそく雄二の前に現れた。

「今日、実は私一人なのです。久美が今日は体の調子が悪いみたいで学校を休んでいて」

そして少し考えてから、

「今日は、私と二人とでもいいですか」

「そうなのですか。久美さん、大丈夫なのですか」

幸子は、

「そんなに心配いらないから、お見舞いなどしなくてもいいなんて言うのですよ」

雄二は、

「そんなに心配いらないということですね」

「ええ、だから先生、今日は二人でデート気分というのはどうですか」

　雄二は少し困ったような顔をしているのが幸子にも分かった。

「デート気分というのは言い過ぎでしたね」

そして、

「ごめんなさい。でも、二人では駄目ですか」

雄二は少し考えた後、

「分かりました。でも今日は短時間に切りあげましょう」

幸子は、

「分かりました。でも嬉しいです。今日はやめましょう、と言われるとばかり思っていましたから」

「そうですか。それでは、今日は軽く飲みましょう」

二人の姿は小さな路地の人ごみの中で肩を寄せ合うように見えた。

その日、幸子は、私立の中高一貫校の講師として、就職すること、そこで教師の道が自分に合うのか確かめることなどを雄二に話した。

「そうですか。幸子さんも社会人ですね。久美さんは、どうされるのですか」

雄二が尋ねると、

「久美も私と同じようなことを考えているようです」

その日、幸子の酒を飲むペースが雄二には少し早くみえた。

そう感じた雄二は、

「今日は、私が少し疲れているようです」

続けて、

「今日は、この辺でお開きにしましょう」

幸子は、少し残念そうな表情を浮かべて、それでも、

「そうですね。今日はこの辺で終わりにしましょう。わたし少し酔ったようです」

とすぐ気持ちを切り替えたようだ。

「でも、次も約束してくれますか」

と、すかさず尋ねる。

「分かりました」

と、雄二。

幸子は、

「それなら、今日は許してあげます」

と大人びた言い方をする。

そうして、二人は別れた。

別れ際に、

「本当に約束ですからね」

と言い残して、人ごみの中に消えていった。

（五）

裕子が二人目の子どもを妊娠したという。

もう、臨月に近く、雄二の近くの家のそばの病院にお世話になるという。

このころは、産婦人科という看板を掲げる病院はめっきり減った。婦人科という看板だけ残し、産科という看板を捨てる病院が多い。

産科を請け負うのは、小さいが総合病院が中心となる。これが現代社会なのだろう。産科の医師は大変である。定期的な休みが取れなくなる。裕子の長女を取り出した病院も、産科という名前が消えていた。婦人科という診療項目だけになっていた。

裕子の旦那は相変わらずのようだ。

「あの男は、何を考えているのか。金だけで子どもが育つとでも思っているのか」

雄二は、とてもやりきれない思いに駆られていた。

子どもが産まれたという連絡を妻の智子から聞く。男の子らしい。母子とも健康との事だ。

「いつ、行かれますか」

智子が聞く。

「そうだな。今度の土曜日でも行こう」

「わかりました」

智子は、雄二が行かないとでも言い出すのではないか、と思っていたようだ。何かほっとした表情を浮かべている。

思えば、娘が妊娠していることさえ、気付かなかった女である。性格が悪いわけではない。要するに、あまり気配りのない無頓着な性格の女である。

これは、智子の母譲りの性格である。

智子の父は、電電公社の支局長を転々として、ある会社に天下った。その後、その会社の子会社に社長として、しばらく務めた。

驚いたことに、そのたびにつく年金をすべてもらっていた。かなりの高額な金額になる。

後にその父は、認知症を患う。

こんな出来事があった。

智子の母は智子の父を連れて、横浜の雄二の家に遊びに来ていた。

義父は散歩が好きである。

「少し散歩してくる」

そう言って一人で家を出た。でもこれが間違いだった。しばらくしても帰ってこない。

それが、一時間、二時間と過ぎて行った。

交代で近所を探すのだがどこにも姿がみえない。

心配になった智子の母は、駅に行ってくるという。駅員さんに聞いてみるというのだ。

駅に行って、改札の担当の方に、風態、特徴などを話して、改札を通らなかったか尋ねたようだ。運悪く、改札員は、

「そう、三十分ほど前に改札でそのような方を見かけましたよ」

という返事であった。

智子の母は､慌てて浦和へ帰る準備をして電車に乗り込んだ。浦和についても誰もいなかったなら困るだろうと思ったのだ。

でも、二日過ぎても、何の進展もなかった。

三日目の夜、警察から浦和の自宅へ連絡があったそうだ。川口のパチンコ屋の横に座っている人がいて、パチンコ屋の店員が尋ねて分かったらしい。

「浦和へ帰りたいのだが、道に迷ったらしい」

という義父の話を聞いて警察に連絡を入れたらしい。どうも義父は、横浜で散歩をしているときに、ふと、浦和に帰らねばと考えてしまったようである。

でも、彼が亡くなったとき、貯金はほとんどない状態であった。

要するに、智子の母は浪費家であった。

その血を智子も受け継いでいた。

智子と一緒になる時、智子の母は、

「智子の父と私はいとこ同士なのです」

といっていたのが思い出される。

父は旧帝大を出ている。

学問が出来た智子の父は、智子の母の実家の援助を得て大学を出たということのようである。そのまま、夫婦となったということらしい。

その日、雄二と智子は、娘の裕子がお世話になっている、病院に出かけた。

総合病院といっても、大学付属や、都内にあるような大きな病院ではない。こぢんまりとした、田園の病院である。

裕子は、ベッドに横になっていた。

「赤ちゃんは」

と智子が聞く。

「廊下の看護婦センターの隣の新生児室にいるわ」

と、裕子。

雄二も、智子に連れられるように新生児室に向かう。

「この子だわ」

智子が言う。丸丸とした男の子だった。

雄二は、赤ん坊の顔を見ただけで、何か自分の役割が済んだ気がした。

裕子のところに戻り、祝い金を渡す。

「向こうのお母さんの友達がたくさん来てくれたわ」

そう言って、のし袋を見せる裕子。

「亭主は」

と、言おうとして、雄二は止める。あまりいい返事が期待できないように思えたからだ。

（六）

雄二の携帯電話に幸子から、電話がかかってきた。

「先生、就職が決まって、S学院で講師をしています。講師ですから、まだ仮就職といった感じですが、お祝いしてくれませんか」

しばらく、幸子からは、連絡はなかった。久しぶりの連絡である。

その間、仕事先を決め、落ち着いたところなのだろう。

「そうですか。社会人ですね。おめでとう」

大学の講師とはいえ、教え子が就職することは嬉しくもあった。

「ところで久美さんは」

「久美も、A高校に就職しました。久美も誘いますから、二人の就職を祝ってくれますか」

「分かりました。では週末の金曜日にでも御会いしましょう」

そう言って電話を切った。嬉しそうな幸子の声であった。

約束の金曜日、渋谷のハチ公前で待ち合わせる。春で、天気はよく変わる。昨日まで雨だったのが嘘のようにこの日は天気がよい。

渋谷の若者たちは、春を謳歌するように、春らしい薄着の思い思いのスタイルで渋谷の街に出てきている。特に週末の夕方の渋谷は、若者の二人連れが多い。道玄坂方面は、歩くのにも大変なくらいの人ごみである。ハチ公前の広場も、待ち合わせの若者や、これから飲みに行く話でもしているのだろうか、若者のグループが多い。

しばらくして幸子がやってきた。

「先生、遅れてごめんなさい。いろいろあってなかなか、学校を出られなくて……」

「そんなに待っていませんから。心配いりません。それより、若者たちのファッションに見とれていました」

でも雄二が驚いたのは渋谷の若者のファッションよりも、幸子の変わりようであった。学生の時のジーンズスタイルとは違って、春らしい薄手のスカート、黒のタイツ、淡いピンクのブラウスに、薄手のカーディガンを着ていてすっかり大人の女性である。

それより一番驚いたのは、眼鏡をはずし、コンタクトに変えたらしい。幸子の眼鏡越しの瞳がより大きく、美しく見えた。

涼しげな憂いを持った瞳である。

雄二は、多少の心の動揺を隠すように、

「久美さんは」

と尋ねる。

「先生、もう少し待ちましょう。彼女も結構大変なのでしょう」

と言うそばから幸子の携帯が鳴る。

「きっと、久美からだわ」

そう言って携帯に出る。

しばらく、携帯電話で、電話の向こうの相手、恐らく久美と話した後で電話を切る。

そして、雄二に向かって、

「久美、今日、仕事の関係で学校を出られないらしいの。久美も大変みたい」

しばらく間を開けた後、

「先生、今日は、久美がいなくても、私の就職祝いと、それから……」

とまたしばらく考えた後、

「私、先生に相談したいことがあります。聞いてくれますか」

と、真顔で尋ねる。

雄二も、

「分かりました」

と答えざるを得なかった。

「お願い、先生。今日は二人でゆっくり飲みましょう」

と、懇願するように言う。


二人は、小さな渋谷の道玄坂にあるバーにいた。小さいながらも、綺麗なしゃれたバーである。間接照明が、周りを優しく照らしている。テーブルが五つとカウンターがある。マスターらしき、薄髭を伸ばした、中年の男性と、若いバーテンダーと、給仕の同じく若い女性がいる。

雄二と幸子は、そのカウンターの隅に座った。

「先生、今日は、ウイスキーか、カクテルでも飲みましょう」

そう言って幸子はメニューを見ながら、

「ジントニック一杯」

そして雄二に、

「先生は何になさいますか」

と尋ねる。

「では、私は、ジンライムでも貰おうか」

と幸子に答え、

「ジンライムひとつお願いします」

と店の人に告げる。

雄二は飲み物がそろったところで
「それでは、幸子さんの就職を祝って乾杯」

二人はグラスを合わせる。

「先生、有難う。乾杯」

と幸子は言ってから、グラスを口にする。

「先生、教師というのは、結局孤独なものですね」

雄二には、幸子が言わんとすることが分かった。雄二も高校の化学の教師をしていたことがある。

幸子が続けて言う。

「教師というのは、一見学校では集団みたいだけれど、そして、皆仲間だと言うけれど、結局、教壇に立つのは私一人ですものね」

しばらくして
「いろいろな勉強を教えるのも、質問に答えるのもみんな一人でしなければいけないのですよね」

雄二は思う。これは学校だけではない。会社だって同じようなものではないかと。上司がいても、指示を仰ぐことはできても最終決断は、自分自身で行う場合が多いのである。そう思うと、人生は本当に孤独なものだ。

雄二は、

「確かに、人間は孤独な生き物かもしれません。最終的に行動するのは一人の場合が多いですから」

そうなのである。極端な話、人間生まれるのも、死ぬのも一人なのである。

幸子が言う。

「だから、最近とっても寂しくて……」

雄二は、

「そうですね。結局人間は孤独なものかもしれない」

と同じような言葉をくり返し口にする。

「でも、幸子さんには、久美さんという友達もいるし、学校には同僚だっているのではないですか」

と答えながらも、月並みな答えだとしみじみ思う。

「そのうち、幸子さんにもいい人ができて、幸せな結婚が待っているのでしょう」

幸子はすかさず、

「先生は、結婚していて幸せですか」

と尋ねる。

確かに幸子の言う通りである。結婚が幸せにつながるとは限らない。今の雄二は決して幸せだとは思わない。人の心を射抜くような幸子の発言に、雄二は少し動揺していた。

雄二は思う。結婚とは、単なる法律が決めた男女の同棲生活でしかない。この法律がないと国は混乱する。秩序など無くなる。でも法律上の同棲を始めた男女が事実上破端すればこの法律ほど厄介なものはない。

事実、雄二の夫婦関係もほとんど破綻状態である。確かに結婚当初は、愛らしきものは感じてはいたが、今は、心のふれあいなど全く無いに等しい。こういう事は、長く暮らしていけばいくほど分かる事である。

智子はどう考えているのか。表面は普段通りにふるまっている。

でも、雄二の無愛想な態度に何も感じないほど鈍感だとは思えない。

ともかく寝室は、別になっていた。

もっとも、寝室が別になったのは二人目の子が産まれてからだ。今に始まった事ではない。

（七）

どうも今日の話題は酒を飲んでの話としては重すぎたようだ。雄二もかなり酔っていた。

幸子も少しむきになりすぎ、自分を抑えきれなかったらしい。

幸子も酒が進み、かなり酔っている様子である。

「さあ、今日はこのぐらいにしてお開きにしましょう。話の続きは今度ということで……」

「ええ、私少し飲みすぎました。……歩けるかしら」

立つと少し脚がふらふらするようだ。洋酒は足にくる。

「幸子さんのマンションは、渋谷の駅を超えて青山方面でしたね。少し近くまで送りましょう。私も酔いざましに丁度いい」

そう言いながら二人は店を出る。

夜の街だというのに外はまだにぎやかである。若い男女の二人連れや、飲んだあとの二次会を探しているような、男女の群れ……。

二人は歩きだしたが幸子の足元はおぼつかないようだ。歩きながらふらふらとしている。たびたび雄二に倒れかかるように寄りかかってくる。

「大丈夫ですか」

「先生、ごめんなさい」

そう言いながら幸子一人でなんとか歩こうとしているようだが、思うようにいかないらしい。そのうち雄二に倒れるように、寄りかかってきた。

「これは無理だな」

そう思って、周りを見渡すと小さなホテルがある。小さいが、綺麗なしゃれたホテルである。雄二はそこで少し休もうと考える。

ロビーに入るとフロント係が二人いて対応してくれた。

「少し休ませたいのだが……」

「今、ツインの部屋が空いてございます。そこをお取りします」

とフロント係。

「それでは頼む」

ポーターに案内された部屋はそれほど大きくはないが、部屋の壁紙が花柄の綺麗な部屋である。

ともかく雄二は、幸子をベッドの上に横にさせた。

「しばらく休むといい」

そう言いながら自分ももう一方のベッドに横になった。そしてテレビをつけ、寝ながら見ていた。そのまま横になっているだけだと雄二も寝てしまいそうだった。


しばらく雄二はうとうとしたのだろうか。

気がついて目をひらくと、雄二の横になっているベッドの傍らに幸子が立っていた。

雄二の顔を見つめていた。

しばらく二人の間に沈黙が走った。

突然幸子が、抑えていた気持ちを吐き出すように言う。

「私を……私を抱いてくれませんか……」

「幸子さん、あなた酔っていませんか」

と言う言葉が、終わらないうちに幸子の体が倒れるように、雄二の体に覆いかぶさってきた。

幸子はずっと思っていたのだ。

「結婚することが、必ずしも幸せになるとは思えない。それより尊敬する人、愛する人に心身とも許したい」と……。

それを、今日、雄二と飲んでいてしみじみ感じていたのだ。

幸子は、雄二の唇に自分の唇を押しあててくる。雄二は、自分の胸に幸子の胸のふくらみを感じた。柔らかい胸だった。雄二は、今日……と言ってももう夜中を回ってはいたが、久しぶりに出会った、美しい大人に変身した幸子を思いだしていた。

心から「綺麗だ」

と思った。これが
「不倫になる。幸子を不幸にする」

ということも十分理解していた。でも智子との間には、既に愛はない。

「幸子さんは、まだ若いし、これからどんな幸せが訪れるかも知れない……」

「それを私が壊してもいいのか」

雄二は、葛藤した。でも自分を抑えきれなかった。いくら葛藤しても男女の関係というものは、解決されるものではないのである。

　雄二は自分を抑えきれなかった。体を上下させ、仰向けになった幸子のブラウスのボタンをはずし、下着をはずした、幸子の乳房を愛撫した。肌の張った、それでいて、柔らかい幸子の乳房だった。男と女の関係になるのに、理屈はいらなかった。まして、雄二にとって、幸子は愛すべき一人の女性であった。

二人は長いこと愛撫を繰り返し、勃起した雄二のペニスを彼女の体に挿入した。

男女の営みを終えた後、幸子は雄二の体を抱くように雄二の背中に両手を回した。

二人は抱き合いながら眠りに落ちた。

（八）

幸子と秘密の関係を持ってから三年が過ぎた。

その日の晩も雄二は幸子のマンションにいた。

一ＬＤＫの小さなマンションである。それでも女性らしく綺麗に飾って暮らしている。それでもあまり若い女性の好みとは思えない。雄二が不思議に思うことの一つにぬいぐるみが置いてないことである。また、カーテンは、ピンクや明るい色彩の物を女性は好みそうだが、カーテン全ての色が、薄緑色で統一されている。調度品は、恐らく、コピーと思われる絵画などが飾られている。それに小さな、酒の入ったサイドラック、テレビにパソコン、冷蔵庫……。

二人はリビングの二人掛けテーブルに座り、ウイスキーの水割りを飲んでいた。

「先生、今日はゆっくりできるのですか」

と、幸子。

「いや、明日仕事がある。今日は帰るつもりです」

そう言いながら二人は寝室に向かう。

いつものように二人は愛し合った。幸子はこの時いつも恥じらいのようなものを見せるのである。

それが雄二にはとてもいとおしく思えてならない。大胆ではないが、雄二を慕うように求めてくる。

雄二は考える。自分だってそんなに若くはない。幸子の将来はどうなるのか。このままこの関係を続けることは幸子にとって幸せだとはとても思えない。どうしたらいいのか。

雄二は悩み続けていた。でも今、雄二が消えれば幸子にとって、もっと不幸になるのは目に見えていた。

でも、

「ここで私が去った方が、幸子の将来にとってはいい」

という気持ちは消えない。

ベッドの上で二人は横になりながら、雄二がおもむろに切り出す。

「幸子さん、あなたはこれからの自分の幸せのこと、考えた方がいいのではないですか」

「先生、それ、どういう意味ですか」

「君は若いし、これからの自分の人生を考えるべきではないかと……」

「先生、先生は私のこと嫌いになったのですか」

「いや、それは違う。君の事が好きだからこそ、君の将来のことを心配している。私は若くはないし、経済力もない」

二人の間にしばらく沈黙が続く。

次に言葉を発したのは、幸子だった。

「だったら、別れるような話、しないで。お願いだから…………。私……今が一番幸せよ」

しばらくの間、二人にまた沈黙が襲った。

幸子が言う。

「先生、私を一人にしないで……」

雄二は、その言葉を聞いてもう一度彼女を体中愛撫した。衝動を抑えられなかった。ふくよかな胸、細身の体、そしてすらりと伸びた手足……。

雄二は、幸子を本当に愛していることを改めて感じるのであった。


「ねえ、先生、今度箱根でも行きませんか。できたらお泊りがいいわ」

「そうですね、考えておきます」

「行くといって。お願い」

「分かりました。何とかします」

「先生嬉しい。有難う」

幸子は本当に嬉しそうで、

「ビールがあるの。飲みましょう」

そう言いながら、冷蔵庫に向かい、ビンのビールと二つのグラスを持ってくる。

「先生、乾杯して」

と言いながら、二つのグラスにビールを注いだ。

（九）

娘の裕子から、自宅に電話がかかってきたようだ。

何でも、子ども二人の体調が悪いとの事。

男は、最近あまり帰ってこず、毎月の食費等の支払いも途切れがちだということを裕子は切々と訴えるのだと、智子が言う。

雄二は、

「ともかく当面引き取るしかないな」

と思う。

車で、裕子のアパートへ向かい、三人を自宅に連れてきた。

雄二は、

「もう、終わりだろう」

と感じていた。

「男と話し合って離婚届けを出すしかないだろう」

そう思っていた。智子にそのことを話すと、

「それも、仕方ないかもしれませんね」

と、自分に言い聞かせるように答える。

「いやな展開になりそうだ」

雄二は、不快な気持ちでそう考えていた。

「でも早いほうがいいだろう」


この問題を話し合う機会はことのほか早く訪れた。

相手側の男とその両親との話し合いは、近くの大衆和風レストランで行われた。

雄二はご飯ものなど食べる気もしない。

飲み物だけである。

でも、男の父は、しきりに箸を動かしていた。

慰謝料や、養育費なしの、円満離婚で決着が着く。

養育費などを拒否したのはこちら側である。

そんな約束をしても意味のないほど、男は人間らしい生活をしてなかったのである。

ましてや、養育費を出す意思など全くもっていない。

「縁を切るしか孫たちの幸せはない」

そんな状態であった。

雄二は、部屋の一つを娘と二人の孫にあてがい、そこで当面、三人で生活させることにした。これからは、娘と孫の人生だ。あまり干渉せず、生活させることにした。孫たちは不慣で仕方がないが、娘は、これでいい人生勉強をしたものと思う以外ないのである。

孫たちの将来の幸せを祈るばかりである。

驚いたことがある。下の男の子は、立ったまま、用を足せない。必ず座るのである。この年なのだから、立ったまま用を足してもいいものである。

雄二は、

「男はこうして立ってするものだ」

と、下の孫に見せる。情けない話である。まさに父親不在の孫を目の当たりにしたような気がした。

ふと、オオカミや他の動物などにさらわれて、育てられた人間の子どもの事が頭に浮かんだ。この子どもたちは、人間としてのさまざまな生活習慣がないばかりでなく、言葉も話すことができない。

(十)

幸子と出かける約束の朝だった。雄二は朝食をすませた後に智子に切り出す。

「しばらくどこかへ行ってくる」

そう雄二は智子に言い残して、家を出る。

軽装である。仕事に使っている、やや大きめのカバン一つである。服装と言えば、アスコットタイと、紺のジャケット、灰色のパンツである。それにスプリングコートをひっかけていた。幸子と横浜駅のブロンズ像の前で会う約束をしている。

「どこか旅行でもしましょう」

という幸子との約束を実行するためである。

横浜駅のブロンズ像のそばに行くと、幸子がサングラスを掛けて待っていた。服装は、秋らしい、ベージュのオータムコートと、紺のジーンズである。目的地は箱根とお互いに決めていた。温泉につかりながら、美味しいものでも食べようという嗜好である。

「待っていましたよ」

と、幸子。

「ああ、待たせてごめん」

横浜から特急踊り子号で小田原に向かう。

そこから私鉄の箱根登山線で湯本を経由して強羅に向かう。強羅の駅から、歩いて少しの所に予約した宿がある。その宿には、部屋の一つ一つに、小さな露天風呂が置かれている。

家族風呂もあって、貸し切りができるのだが、その小さな露天風呂で二人には十分だと思っていた。残念ながら、その露天風呂は温泉ではなく、沸かし湯である。大きなボイラーが外で音を立てている。

その沸かし湯の露天風呂に二人で入る。

外は、木々が秋の気配である。風も夏のような蒸す風ではなく肌に心地よい。

何度も見た幸子の裸が、外の夕ぐれかかった、太陽の光のためか、とてもなまめかしい。電球や蛍光灯の光と違って、太陽の光の明るさには、夕方でもかなわない。その自然の明るい光が幸子の肌を照らす。それがとても美しい。幸子の肌の毛穴まで映し出してしまうほどである。

雄二はそれを見て少し興奮していた。その高ぶりを抑えられない自分と葛藤していた。

二人は早々、風呂から上がり、浴衣に着替え、半ば洋風のベッド風の布団にもぐりこむ。

幸子の肌や乳房は相変わらず柔らかく、触れていて心地よい。雄二の左手が幸子の右の乳房に触れ、左の乳房は雄二が唇で愛する。

二人は何度も愛し合った……。避妊することも忘れて……。

気がつくと、夕食の締め切り時間が迫っていた。二人は大急ぎで、着替えを済ませ、ホテル内のレストランへと向かった。

雄二と幸子は、ビールで乾杯をする。二人とものどが渇いていた。落ち着いたところで冷酒を頼み、それを味わう。ここの料理は量は少ないが、たくさんの種類の料理が小皿に盛られて出される。

幸子も気に行った様子で

「美味しいわ」

を繰り返していた。冷酒もとても上品な味だった。

二人はその夜は酒を飲んだこともあって、そのまま、静かに眠りに入った。

(十一)

二人は、幸子のマンションにいた。

幸子がなぜか浮かない顔をしている。

「何かあったのですか」

雄二が不安げに尋ねる。

「ええ、実は……」

と言いかけて口を閉ざす。

「どうしたのですか」

雄二が再び尋ねる。

「隠しておいても仕方のない事だから……」

と幸子が口を開く。

「お願い、落ち着いて聞いてくださいね」

そこでしばらく黙りこむ。

「実は……妊娠したみたいなの」

雄二は、箱根での出来事がふと頭に浮かんだ。

「そうでしたか……」

後の言葉が続かない。

雄二はどうすべきか考えていた。あの日、幸子の妊娠の事も考えずに愛し合ったことを思い出していた。でも事実は事実なのである。

人の犯してしまった過去は変えることはできない。

「どうすべきか……」

雄二は思い悩んでいた。雄二にも幸子にもそれほどの経済力があるわけではない。子どもを産んで育てるとなるとたくさんのお金もかかるだろう。まず幸子の仕事はどうなる……。

結論の出ない問題であった。

「先生、いろいろ当たってみるわ」

そう言った後、

「当たって砕けろ、っていうわ。駄目なら駄目でそこでまた考えればいいわ」

幸子は元気を取り戻したようにそう言う。

こういう場面では女性の方が楽観的なようである。

しばらくして、幸子は講師をしている学校の教頭先生に相談する。

教頭は、

「あなたは既婚者でしたか」

と尋ねる。

「いいえ、でもこの子の父親はいます。それは、はっきりしています」

と答える以外なかった。

教頭は、

「産休がもらえるかどうかの件だが、一応校長や理事とも相談してみるが、恐らくこういう教育現場ではこういう問題は……」

と、白髪の交じった頭をなでながら言う。

後の言葉はなかったが、それだけで十分であった。

幸子の予期した返事が返ってきた。確かにその通りである。教育現場では、未婚の母など許されるわけは、ないのである。

教育現場は、既婚者に対しては寛大である。

産休は公に認められている。だが、法的裏付けがない場合に対しては、厳しい。保護者の目もある。

幸子には、子どもを堕すか、退職する以外に道はないのである。

しかし、こんな相談をしてしまった以上その噂は学校内に広がるだろう。どちらにしても学校にとどまることは難しい。

幸子の気持ちはその時固まっていた。

退職以外に道がないことを……。

そうなると、幸子自身が生活することすらままならない。いくら愛する人の子どもとはいえ堕す以外に道はない。

それが、幸子の達した結論であった。

（十二）

雄二と幸子は、静かな喫茶店にいた。

幸子が口を開く。

「先生、私、雄二さんの子どもを産みたいの」

しばらく沈黙が続く。

「でも、それはやはり無理だということも分かっているのです」

雄二は黙ったままである。言葉が出ないのである。幸子の悲しく、寂しげな様子が痛いほど分かる。

「だから、あなたの子どもを堕してしまうことを許してもらえますか」

雄二も仕方のない事だと思っている。今の雄二には、幸子と産まれてくる子どもを支えていく経済力はない。幸子もそのことは十分、分かっていた。

幸子の生活が第一である。雄二は自分の犯してしまった罪を悔やんでいた。

「どうすべきか……」

雄二は心の中で葛藤していた。雄二にとって確かに身ごもった子どもはいとおしい。でも、その子を産むとなると、幸子と雄二の生活が成り立たない。まさに四面楚歌である。

「……苦労を掛けて済まない……」

雄二はそう言った後、

「幸子さんは、これからどうするつもりなのですか」

と聞く。

幸子の話す言葉の雰囲気に、学校の講師を辞める意思を感じとっていた。

それが雄二にとって、とても気がかりであったのだ。

「ええ、学校の講師を辞めて、新しい仕事場を探すつもりです」

続けて、

「でも、何をするかは全く考えていないのです」

そう言うと、優しくほほ笑む。

「……そうですか」

と、雄二。

その言葉に雄二は幸子の強い意志を感じとっていた。

「それが、幸子さんの考えている事なら私も応援します。幸子さんの将来ですから」

と言いかけた時、幸子が雄二の話を遮るように、

「いいえ、先生と私の将来です」

ときっぱり、言いきる幸子であった。

雄二は幸子の強い意志に、改めて驚くと同時に自分の気持ちに気恥ずかしささへ感じたのである。

「男として、情けない……」

心の中でそう思う雄二であった。

「……堕胎……」

この言葉の意味する重さに苦しむ雄二であった。

雄二の家の近くに水子地蔵尊という小さなお寺がある。そこからさらに十分ほど歩いた所に大きな真言宗のお寺がある。この小さな地蔵尊はその別院のようだ。

その地蔵尊は、本当に小さなお寺だが、立派な駐車場がある。かなり大きな駐車場だ。

普段は、それほど車は止まってはいないが、何かの催しがある日なのだろう。その駐車場が満車状態になる。

もちろん、死産だとか、流産などで、悲しみを持った参拝者は多いのだろう。

でも、時代が時代である。堕胎せざるを得なかった参拝者もかなり多いに違いない。境内には、たくさんの子どもの人形や、飲み物、おもちゃなどが飾られているのである。

「今でも信者達は、悲しみに耐えているのだろう」

雄二はそんなことをふと考えていた。

「先生？」

という言葉で雄二は我に帰る。

女性にとっては、とても辛い思い出になるに違いないのである。

第二章　幸子の人生

（十三）

幸子は、銀座のそれほど大きくはない、クラブで働いていた。

新聞の求人欄を見て応募したのだ。

店のオーナーは、幸子の容姿をすぐに気に入ったらしく、ほとんど面接などというものではなかった。初対面の幸子にオーナーはすぐさま仕事の中身の話を始める有様だったのだ。

そういうことで、幸子は、「サチ」とい源氏名で、翌日から、クラブのママの傍らで、客に接していた。

店のママも、この「サチ」をとても気に入り店の客に紹介する。

「青木さん、この『サチ』をよろしくおねがいしますね」

青木と呼ばれた男もこのサチを一目で気にいった様子だ。

「うん、かわいい子だ。私が、素敵なホステスにしてあげるぞ。なあ、かわいいな。木村君」

「そうですね、専務……」

と木村と呼ばれた男が答える。

「サチさん、青木さんは、大きな会社の専務さんで、木村さんは、そこの会社の部長さんなのよ」

と、ママが紹介する。

「おい、ママはそのくらいでいい。私は、このサチさんとゆっくり話がしたい。君は席を外してくれ」

「あら、いやだ。早速お役御免？」

とママ。

「では、青木さん、サチをよろしくおねがいね。部長さんのためにもう一人、話相手を呼ぶわ」

と言いながら席を外し、どこかへ消える。

青木は、

「よし、今日のいい出会いを祝って乾杯しよう。酒は強い方かね。サチさん」

幸子は、

「ええ、少しなら」

と 答える。

「そうか。それはいい。サチさん、早速水割りを三杯作ってくれたまえ。それで乾杯しよう」

その言葉に促されて、水割りを作り始める幸子。

「初めてにしては、なかなか慣れた手つきだな」

と青木。

「なあ、そう思うだろう」

と木村に同意を求める。

「そうですね。専務」

と木村。

「そんなこと、ありませんわ」

と、幸子。

水割りができた所で、

「では、乾杯しよう。『乾杯』……」

そう言いながら、専務の青木は美味しそうに水割りを口にする。

「君の作った水割りはとても美味しいよ。なあ、木村君」

「ええそうですね。美味しいよ、サチさん」

と木村。

「有難うございます」

と、幸子。

「ところで、あまり細かいことは聞きたくないが……。前は、サチさんはどんなお仕事を……」

幸子は少し照れたように、

「学校の講師をしていました」

「そうですか、学校の先生ですか。賢いのですね、サチさんは」

「いいえ、そんなことありませんわ」

「でまた、学校の先生がクラブの仕事を？」

「何か訳ありのようだが、もう聞かないことにしよう。さあ、サチさん、今日はたくさん飲んでください。今日は楽しい酒だ」

青木は上機嫌だった。サチがとても魅力的な女性だったからだ。美しく可愛い女性に見えたのだ。過去の謎めいた経歴もそうだが、胸の膨らみといい、スタイルといい、顔立ちといい、すべてが青木好みだった。

そんな時もう一人女の子が来て、

「ママに言われたの。ご馳走になってもいいかしら。エミっていいます。よろしく」

木村が喜び、

「おう、沢山飲んでくれ。君もなかなか魅力的だ」

「あら、有難うございます」

青木と木村は上機嫌だった。

初日の幸子の夜はこうして静かに更けていった。

それから、青木と木村は、週に一、二度店に通うようになる。

青木専務はサチ、木村部長は、エミを指名して、それぞれ楽しげに飲んでは、話し合っていた。

幸子は、この店では結構売れっ子になっていた。相手を立てる聞き役とその容姿とで店では、トップとはいかないまでも指名は多いほうである。

雄二とは時々会っては、二人の時間を過ごしていた。

やはり幸子は雄二と居るときが一番心が安らぐ。

何か、苦労をかけているのは自分のせいだと時々考える雄二であった。

「苦労をかけてすまない」

と雄二が言うとすかさず、

「いえ、先生のせいではありません」

と答える幸子である。

（十四）

青木と木村は、仕事を終え、いつものクラブにハイヤーを走らせている途中である。

青木専務がいう。

「サチは身が固いので有名なのだそうだ」

「それは私も聞いたことがあります」

と木村。

「今日は、少し口説いてみるか」

と青木。

そんな会話をしている間に店に着く。

いつものように、青木はサチを指名し、木村は、エミを指名する。

店の人たちもそのことはよく分かっていて、青木と木村が店のシートに座ると、まもなくサチとエミがシートにやってくる。

「いらっしゃいませ」サチとエミはにこやかな顔で二人に挨拶する。

「今日も、水割りで……」

「うん、それでいい。それにつまみはチーズとサラダと、ソーセージがいい。ソーセージは茹でたものがいい」

幸子は、店の者にそれを指示する。

青木は、しばらく飲んだ後、幸子に
「今日は、こんなお遊びをしよう」

と言ってマッチ箱を取り出す。

「あら、どんなお遊びですか」

と、幸子。

「ポピュラーなものだから、サチさんも知っているかもしれない」

そう言いながら、マッチ棒を並べ始める。

サチは興味深げにそれを覗き込む。

マッチ棒で、ＨＯＴＥＬと作った。

青木は、

「サチさん、ＨＯＴＥＬに行ったら次は何をする……。マッチ棒を二本動かして、作ってごらん」

「あら、難しい問題ですこと。どうすればいいのかしら」

幸子はしばらく考えた後、

「よく分からないわ。専務さん、答え教えてくださらない」

青木は、

「こうするのだよ」

そう言いながらマッチ棒を二本動かしてみせた。

ＮＥＴＥＬ
「……あら、専務さん、いやだ」

と、幸子。

「この続きがあるのだよ。今度はマッチ棒を二本だけ動かして、次の段階に進むのだよ。よく考えてごらん」

と青木。

隣に座っていた木村とエミも興味深げにその遊びを覗き込む。

「ヒントは、男と女だ」

「これも難しいわ。答えは何ですか」

と、幸子。

「なあに、よく考えて見なさい。簡単な答えだ。ヒントは男と女だ」

と答えを促す青木。

「難しくて、私にはわかりませんわ」

と、幸子。

「いや、簡単なことだ」

しばらく、考え込んでいた幸子は、

「わからないわ。答えは、なんですか」

と尋ねる。

青木は、おもむろに手を動かし、

「こうするのだよ」

ILETEL
幸子は、それを見て思わず赤面し、

「まあ、専務さん……いやだ……こと。私……からかわれました？」

と思わず真顔になって尋ねる。

「いや、これはお遊びだが……」

しばらく青木は間をおいたあと、

「どうだ、これから二人で……」

幸子は、その場を取り繕うように
「……専務さん、だいぶ飲んでいらっしゃいます？　そんなこと、突然言われても……」

「それもそうだな。悪かった。では、どうかね。今度御馳走するよ。四人で、外で食事ならどうだ」

しばらく考え込んでいた幸子は、

「四人でお食事ですか」

「ああ、そうだ。おいしい酒と料理をだす料亭など紹介するよ」

幸子は少し考えた後、

「それなら、エミさんもご一緒ということですね。エミさん、構わない？」

エミは、

「わかりましたわ。ご一緒しましょう」

（十五）

それから一週間後の夕方、サチとエミと青木と木村は、赤坂の小さな料亭にいた。十畳ほどの部屋である。床の間には雪舟を思わせる水墨画が飾ってあるが、幸子には本物かどうか、区別はつかない。床の間の脇には、棚があって、そこには、年代をうかがわせる壺だの、また壁には日本画が飾られている。四人は、大きな座卓に二人が向かい合うように座っていた。

サチの隣には青木、エミの隣には木村。

外の庭はアジサイの花が満開である。

もう、盛夏も近い。

店の女将があいさつを済ませた後、注文を聞く。

「酒は燗がいい。ぬる燗で……。うまいものを出してくれ。それと肴は美味しい刺身と……あとは板長のお勧めでいい」

と、青木。

蒸し暑い日であったが、室内は空調がきいている。酒が届いたところで、

「さあ、乾杯しよう」と青木。

肴もそろったところで男たちは上機嫌だった。

「酒が足りないぞ。女将、すぐ酒を用意して」

「はい、今日は青木さん、ご機嫌ですね」

と女将。

幸子は新しく届いたお銚子の酒を飲んだとき、体に少し違和感を感じた。なぜだか、とても眠気を覚えたのだ。

「あら、私飲み過ぎたかしら……少し眠くなってしまったの……」

と、サチが独り言のようにいう。

「いいさ、疲れているのだろう。少し休むといい」

と、青木。

幸子は、眠気をこらえていたが、そのあとの記憶がなかった。

（十六）

翌朝、幸子は小鳥の声で目を覚ます。昨日の記憶がない。酒宴の部屋の隣の和室のようである。ふっくらした敷布団の上に寝ている自分に気づく。上には、薄い布団がかぶさっていた。股間に少し「違和感」を感じた。横を見ると、昨日自分が身につけていた、白いワンピースと青い下着が畳んでおいてある。薄い掛け布団の下の自分の体は何も身につけていないことに気づく。

幸子は、事のすべてを理解した。

「……私……」

そうなのだ。昨日眠りに入ってしまった自分の体を青木が犯したのだ。酒に睡眠薬でも入っていたのだろう。追加したお燗は、一本幸子の前に置かれた。その酒を青木が幸子の綺麗な模様の瀬戸物の大き目のさかずきにしきりに注いでいたのを思い出す。

幸子は急いで下着を身につけ、ワンピースを着て、朝の料亭を出る。女将にあいさつどころではない。梅雨間の朝日がまぶしい。

「みんなが、仕組んだに違いない……」

幸子は泣きたい気持ちを抑えて自分のマンションに戻る。着くなりすぐ裸になり、シャワールームに飛び込む。シャワーを浴びる。頭からシャワーを浴びる。涙も水と一緒に流れ出す。でも幸子には分かっていた。

「涙を流しても仕方のないこと……」

でもなぜか涙が止まらない。

そうして胸や股間が痛くなるほどシャワーの水をかけて、タオルでこすり続けた。

（十七）

幸子は雄二とは会うことはなかった。

携帯での連絡も取らない。何か雄二に申し訳ないような気がして胸が痛んだ。幸子には罪はないものの、何か胸が痛むのであった。

しばらくして、生理の来ないことに気づく。一カ月以上生理がないのである。

「……妊娠……」

幸子は、雄二に益々申し訳ないと思う。

会いたくて仕方ないのだが、会える状況ではない。

幸子はあの日以来、店には出ていない。

わずかの蓄えで生活していた。

「このまま、雄二さんの前から消えるしかないわ……」

そう思う幸子であった。

第三章　別れ

雄二は幸子からの連絡が来ないのを気にかけていた。携帯に電話しても留守電である。

雄二は思い切って幸子のマンションを断りなしに訪れる。でも、すでに誰も住んでいる気配はない。マンションの管理人に尋ねると、

「先週だったかな？　マンションを出て行きました」

と答える。

雄二は幸子の身に何かあったのに気付く。でも既に手遅れであった。幸子が生きていることは確かである。でも自分の意思でマンションを引き払ったのだ。それは分かるのだが連絡の取りようがない。

「彼女の身に何があったのだろう」

（十八）

雄二は幸子の勤めていたクラブにいた。

「エミさんに、会いたいのだが……」

受付にそう伝える。

「ご指名ですね」

受付はそう言うと、雄二を座席に案内する。

「ご注文は……」

「ウイスキーを。そう、ダルマでいい」

「かしこまりました」

そう言うと、受付は去り、今度はウイスキー瓶と、ソーダのペットボトル、氷と、グラスを二つ持って現れる。

「エミさん、すぐ来ますので、しばらくお待ちください」

そう言って、雄二のそばを立ち去る。

雄二はグラスに氷を入れソーダで割り、早速飲み始めた。うまい酒ではない。でも飲まずにはいられなかったのである。

　しばらくしてエミという名前の女が現れる。

「エミです。あら、初めてですね」

「はい、初めてです。幸子さんからは、たびたび聞いた名前なのですが……」

「あら、サチさんのお知り合い？」

「ああ、そうです。あなたもよかったら、酒でも飲んでください」

「頂くわ」

　そう言って、エミもハイボールを慣れた手つきで作り、ぐっ、と一杯グラスを空ける。そうかと思うと二杯目を作り始めている。

「実は幸子さんの事で聞きたいことがあって来たのですが……」

　と、雄二。

「ええ、そういう事だと思いましたわ」

　と、エミ。

「幸子に何があったのか聞かせてもらえないですか」

「分かりました。実は、サチさんには、仕事に就いた時から、ご贔屓のお客様がつきました……」

　しばらく間をおいた後、

「その一人の方がとてもサチさんに、ご執心で、それはとてもとても、サチさんを愛していました。それはとても男女の関係を求めていました……」

「そして、外でそのお客様二人と私とサチさん四人で飲もうということになったんです」

「そしてその夜……」

　その先の話は雄二の耳には聞こえてこなかった。

　エミの話はまだまだ続く。でも雄二は、大体の事情は把握した。

「幸子さんは、間違いなく、その男の餌食となったのだ」

　エミの話は続く。

「料亭で、四人で飲んで以来、サチは店に来ていないのです……」

　最後にエミは付け加えた。

「妊娠したという噂も……」

「全て、手遅れだ……」

雄二は心からそう思った。

「私から黙って去った彼女の行動はすべて彼女の意思なのだろう……。妊娠したという話も本当のことなのだろう」

「私に連絡を取らないのも彼女の気持ちに違いないのだ。それほど思い詰めないといけない出来事が彼女の身に起きたのだ」

雄二はそう確信するにつれて、心の中は失望感で益々満たされていった。

「話してくれればよかったのに……」

でも幸子の気持ちを察するには十分であった。

「私には話せない辛い思いをきっと持って、私から去っていったに違いない……」

終　章　講義にて

大学講師

雄二は、大学の教壇に立っていた。

「今日は……少し……数学の話をしようと思います」

雄二はそういいながら外の景色を眺める。

季節は秋である。落葉樹が紅葉している。

雄二はこの紅葉という言葉があまり好きではなかった。一見紅葉は綺麗だとみんな紅葉狩りなどに出掛けるが、あれは、樹木本体を守るための行為なのだ。

春・夏の光合成でたまった樹木本体のごみを捨てるため、葉っぱ自らが犠牲になっているという側面がある。

「皆さんは、数列というものを学んだことがありますね」

そう言いながら学生の反応を見る。

「簡単なことで考えてみましょう」

そう言って、黒板に、

$$2^n$$

と書く。

「2のn乗です。nをどんどん大きくしていって、無限大にしたらどうなりますか？」

しばらくして、雄二は言う。

「数字はどんどん大きくなって、無限大の数字になってしまいます。……つまり発散してしまいます」

$$(-2)^n$$

「この場合、nをどんどん大きくしていくと、マイナスとプラスに行ったり来たりしながら結局発散してしまいます」

「この場合も、マイナス1とプラス1を行ったり来たりしていて終息しません」

しばらくして、

「これは発散ではなく、振動というのでしたね……」

「そして、カッコの中が1より小さいと0に終息するのでしたね。もっとも1のn乗はいつまでたっても1ですから、1に終息します。0に終息するには1より小さな数字、かつ、マイナス1より大きくなければいけません」

「ところでこれを人生にたとえたらどうなるのでしょう」

雄二は暫く間をおいた後、

「少し極端な話であることは、私も重々承知しています」

「でも人間……、いや人間だけでなく、この世に生をもらった生物全て、の始まりはそれらを作る物質は、つまり生物の体を作る原子や分子は既に存在していたとしても、精神や、心は全く無でした」

「だから全ての生物は無に始まり無に還るべきなのでしょう」

「つまり、ゼロに始まり、ゼロに戻るという事になるのでしょうか」

「プラス1とマイナス1の間にある数字であれば人生は0に終息し、それより大きくても、小さくても、人生は発散してしまうのです」

雄二は続けて、

「あなた方は発散してしまう人生と終息する人生とでは、どちらがいいですか……。発散してしまう人生は終わりがなく悲しい人生のように思えてならないのです……。生きた証として、人生をリセットしてから自然に還る」

「1という数字がかなりキーワードです。1より大きいと終息できないのです。それはあたかも、人間は一人だということ……たとえ一人前になっていないとしても……」

「1より小さくなければ終息できないということは、不完全な人を表しているのではないでしょうか」

雄二はそう言うと突然教壇の上に倒れこんだ。

前列にいた学生たちが声をかける。

「先生大丈夫ですか」

でも反応がない。横向きに倒れたままである。だから顔の表情は見て取れる。目をつぶり、青白い顔をしていた。

学生たちは騒然とし、

「救急車を呼ばないと……」

「誰か119番……！」

学生の何人かが雄二によってきて話しかける。

「先生大丈夫ですか？」

反応がない。

「救急車はまだか」

などと騒いでいる。大学の職員や、大学の看護師なども、学生から話を聞いたのか、慌てて駆けつける。

「先生大丈夫ですか？」

と大学の職員が話かける。呼吸はしているがやはり反応がない。意識がないのである。

学校中騒然となった。

しばらくして救急車のサイレンの音が遠くに聞こえる。

サイレンの音は大きくなったと思うと同時に消えやがて大学の構内に救急車が到着する。

救急隊員は雄二の体をタンカーで運び、ストレッチャーに乗せて救急車に収容する。

しばらく、救急隊員と大学の職員、学生などとの話のやりとりの後、雄二を乗せた救急車は大学を出た後、サイレンを流しながら、遠ざかっていく。

大学の構内ではそのサイレンの音が聞こえる。

やがて、サイレンの音は遠ざかり聞こえなくなった。

でも学生たちの耳にはサイレンの音の余韻がいつまでも残っていた……。まるで講義の延長であるかのように……。


（了）

あとがきにかえて

朝のラッシュアワーの電車に乗る。急行や準急である。電車が駅に停車するたび、乗客が増えてくる。やがて車両の中は、人ごみでごった返す。車両の中には座席がない。いわゆる座席格納式なのである。荷物を置く棚もない。単なる移動のための箱である。渋谷までの混み合う電車の中で、乗客は思い思いの事をしながら〝耐え忍んで〟いる。ひたすら文庫本を読む人、携帯の音楽を聞きながら目をつぶっている人、参考書を人ごみにもまれながらも読んでいる高校生、ただ何もせず目だけつぶっている男性、携帯のゲームやニュースに夢中になる人など。彼らは本当に〝耐え忍んで〟いるのである。座席もないから、窓側を背に立つ人、窓側に向いている人、これも様々。でも窓から景色を眺めている人などいない。この通勤電車は多摩川を渡ると地下鉄と化すのである。

もちろん、電車はよく遅れる。前の電車との間隔がつまってしまうのだろう。のろのろ運転で、駅での停車も長くなる。

座席もなく、そこには人間性もなく、生きていることを実感できる何物もない。〝耐えるのみ〟である。

渋谷の駅に到着する。乗客はほっとしたように、足早に電車から去る。

この〝非人間的な世界〟に人々は耐えているのである。

人間らしく生きたいという心は誰にでもある。こんな矛盾した生活、でもこれも人間の生き方には違いない。

一体我々は何を求めているのか、そして我々は何処に行こうとしているのか。

そして人生とは何か、人間とは何か、愛とは何か、考えさせられる場面はことのほか多い。

つまらない文章になってしまった。

最後に、この稚拙な作品を刊行させていただいた鳥影社のお世話になった方々に心より感謝申し上げたい。

〈著者紹介〉

堀田耕介（ほった　こうすけ）

東京教育大学理学部卒
横浜市教職員を経て現在私立高校講師
著書に『兄と妹』など

人生と愛

2015年5月11日初版第1刷印刷
2015年5月21日初版第1刷発行
著　者　堀田耕介
発行者　百瀬精一
発行所　鳥影社 (www.choeisha.com)
〒160-0023 東京都新宿区西新宿3-5-12トーカン新宿7F
電話 03(5948)6470, FAX 03(5948)6471
〒392-0012 長野県諏訪市四賀229-1(本社・編集室)
電話 0266(53)2903, FAX 0266(58)6771
印刷・製本　シナノ

ISBN978-4-86265-508-0 C0093

定価（本体1300円+税）